KB230541

전환기관

전환기관

저화기과

유진상

장편소설

삶과 죽음을 가리고

욕망과 거짓으로 뒤섞인 진창 속에서

진실을 건져내야 했다.

열 번째 형벌

제41조(형의 종류) 형의 종류는 다음과 같다.

1. 사형 2. 징역 3. 금고 4. 자격 상실 5. 자격 정지 6. 벌금 7. 구류 8. 과료 9. 몰수 10. 전환형

오늘날에 이르러 '전환'만큼 의미가 크게 변한 단어는 없을 것이다. 과거에는 그저 바뀌는 것을 의미했다면 지금은 살아 있는 인간의 생명을 희생해 죽은 인간을 부활시키는 형벌을, 나아가서는 살인자를 희생해 살인 피해자를 부활시키는 행위를 일컫게 되었다. 주승우는 이러한 전환 현상을 다루는 국가기관인 전환기관 소속 요원이었다. 오후 8시경 그가 무진경찰서의 요청으로 무진시에 도착했다.

유난히 매서운 겨울이었다. 추위 때문에 새해의 활기도 사그라진 듯했다. 주승우는 경관의 안내를 받으며 경찰서 복도를 지나 취조실로 들어갔다. 형사들은 꼿꼿이 선 채 눈앞의 창을 노려보고 있었다. 건너

편에서 용의자 신문이 진행 중이었다. 살인자를 신문하는 형사의 뒤통수가 익숙했다. 형사 시절 주승우의 후배 서병우였다. 마이크를 통해 살인자의 목소리가 들려왔다.

"형사님, 지금 대한민국 남성들은 학살당하고 있습니다."

주승우도 아는 이야기였다. 전환기관 요원으로서 주승우는 전환형에 반대하는 이들의 논리를 자주 접했다. 이 말은 그중 가장 저급한 논리였다. 대개 인터넷 커뮤니티 내에서 익명으로 떠도는 음습한 성질의 말들이다. 주장의 근거 또한 알고 있었다. 2020년대 말인 현재 대한민국에서 일어나는 살인 사건 피의자의 80퍼센트는 남성이고 피해자 대부분은 여성이다. 전환기관에 남자가 들어가 죽고 여자가 살아서 나온다는 말이었다. 들어줄 가치가 없었다.

"전환기관이라는 독재 기관은 매년 남성 수백 명을 살해하고 있습니다. 전환형은 사실상 사형을 의미하는데 현대 국가에서 한 해에 이렇게 많은 사람을 죽이는 형벌이 세상에 어디 있습니까? 살인자만 전환된다면 이렇게 말하지도 않습니다. 지금은 살인이 아닌 다른 죄에도 전환형이 적용됩니다. 이게 옳은 겁니까? 눈에는 눈! 이에는 이! 이게 현대 사회에서 나올 말입니까? 한 사람을 희생해서 죽은 사람을 부활시키는 게 말이 되냐고요! 어떻게 그게 가능하냐고요! 모든 게 다 사기입니다!"

취조실 안에서 남자가 소리쳤다. 주승우는 일단 숫자가 틀렸다고 생각했다. 전환형이 제정된 이후 살인 사건은 이전에 비해 80퍼센트 이상 줄었다. 한 해에 살인 사건으로 전환되는 살인자의 숫자는 100명이 되지 않는다. '수백 명의 남성'이 되려면 교통사고로 전환형을 선고받은 건수도 포함해야 한다. 유리창 너머에서 형사들은 한결같이 눈살을 찌푸렸다.

"못 들어주겠네요."

"입이라고 마음대로 떠드네. 인권 변호사가 말하면 몰라요. 살인자 주제에."

반장인 이인영이 혀를 찼다.

"자기는 전환하지 못한다는 확신이 있는 거겠죠."

주승우의 말에 방에 있던 형사들의 시선이 일제히 주승우를 향했다.

"무슨 소리야? 전환이 안 된다니?"

이인영이 물었다.

"방금 기관에 확인하고 오는 길입니다." 주승우가

침착하게 말했다. "시신의 훼손 정도가 심합니다. 야산에 오래 방치된 게 문제겠지요. 지금처럼 겨울이면 부패가 늦어져서 길면 한 달 정도는 보존될 수 있지만 최초 발견된 피해자 서은혜 씨가 매장된 건 두 달 전이니까요."

그 말에 형사들이 탄식했다.

"그럼 저놈은 그냥 감옥에나 가겠네."

"원래는 그게 일반적이지요."

"사람을 최소 셋은 죽인 놈인데. 허."

이인영이 탄식했다. 주승우는 취조실의 살인자를 바라봤다. 몸은 왜소했고 머리는 지저분했다. 그 모습에 음습함을 연상하는 사람도 있겠지만 주승우가 보기에는 그저 평범한 인상이었다. 신문 내내 움츠렸던 몸은 입을 열기 시작하자 곧게 펴지고 눈은 형형하게 빛났다. 주승우는 남자가 진심이라고 생각했다. 심리적 방어기제로 반발하는 말이 아니었다. 논리는 이상했지만 진짜 자신이 전환기관과 싸우고 있다고 여기는 것이다.

두 주 전 경기도 근교의 야산에서 훼손된 시신 일부가 발견되었다. 들짐승이 땅을 파헤치다가 유실된 것으로 보였다. 길을 잃은 등산객이 시신 일부를 발견하고 신고했다. 경찰은 곧 수색에 나서서 훼손된 여성의 시신을 추가로 발견한다. 경찰은 범행 이후 전환형 선고와 범행 은폐를 위해 저지른 것으로 파악했다. 대대적인 공개 수사 시 압박감을 느낀 범인이 어떤 행동을 할지 모르니 은밀히 수사에 나섰다. 부검 결과 사망 시기는 발견 시점으로부터 두 달 전이었다.

난항으로 빠질 뻔한 수사는 여성의 치아에서 발견한 치료 흔적을 토대로 전국의 치과를 탐문 수사한 끝에 피해자 서은혜(23세)를 특정하는 데 성공하며 물꼬를 튼다. 서은혜는 부모와 사이가 원만하지 않고 무진시에 정착한 지도 얼마 안 되어 인간관계가 단절된 상황이었다. 자주 연락하는 지인이 없었다. 휴대폰은 발견되지 않았으나 서은혜의 집에는 평소 사용하던 노트북이 있었고 거기에 휴대폰과 동기화된 위치 기록이 남아 있었다. 이를 바탕으로 서은혜가 가장 마지막에 방문한 장소를 수색한다. 그러니까 범인 강병찬의 집.

"제가 그 집에 갔거든요. 그때 강병찬이 문을 열고 나오는데 딱 확신했어요. 이놈이다."

무진시 경찰서에서 사건 조서를 읽고 있던 주승우

옆에서 서병우가 말했다.

"서병우 형사."

"네, 선배님."

"조용히 좀 해줘."

그 말에 서병우는 입을 다물었다. 주승우는 조서를 읽어 나갔다.

강병찬은 경찰의 방문에 방어적으로 대처했다. 내심 강병찬을 범인으로 확신한 서병우는 서은혜의 사진을 보여주며 이 사람을 아느냐고 물었다.

"뭐라고 했어?"

"당연히 모른다고 했죠."

경찰이 가택 수색을 요청하자 강병찬은 압수 수색 영장 제출을 요구했다. 서병우는 결정의 순간에 왔다는 것을 깨달았다. 여기에서 미적거리면 안 되었다. 전환형 제정 이후 두려움을 느낀 살인 피의자들이 체포 직전에 자살하는 일이 종종 생겼다. 원만한 전환을 위해서는 피의자의 신병을 빠르게 확보해야만 했다. 제도도 현장의 판단을 보조하는 방향으로 변해갔다. 전환이 걸린 사건은 긴급 체포의 재량권이 굉장히 넓었다. 그렇게 서병우는 강병찬을 현행범으로 체포했다. 강병찬은 완강히 저항했지만 눈빛은 낙담한 기색이 완연했다고 한다. 조서에 기록되지 않은 이런 사실은 옆에서 서병우가 알려주었다.

경찰은 강병찬의 집을 대대적으로 조사했고 다수의 DNA를 확보하는 데 성공한다. 그중에는 서은혜의 DNA도 있었다. 강병찬의 집에서 유독 여러 여성의 DNA가 발견되었는데 이는 채팅 앱을 통해 성매매를 반복했기 때문이었다. 경찰은 이 여성의 소재를 파악하려 동분서주했다. 범행의 직접적인 증거가 되는 흔적은 화장실에서 나왔다. 화학약품으로 흔적을 지웠지만 DNA라는 것은 의외의 장소에 남아 있을 때가 많다. 원룸 건물 옥상에 버려진 잡동사니 틈에서 발견한 줄톱, 삽 같은 도구는 강병찬의 살인 행각이 단발성에 그치지 않았다는 것을 시사했다. 경찰은 강병찬을 신문하는 동시에 휴대폰을 포렌식하고 주변을 탐문하기 시작했다. 화장실과 그의 집 곳곳에서 발견된 혈흔을 통해 경찰은 서은혜를 포함해 두 명의 피해자가 더 있다는 사실을 밝혀낸다.

범인 강병찬은 체포된 이후부터 묵비권을 행사하며 모든 진술을 거부했다. 전환형 제정 이후로 살인 용의자들에게서 주로 보이는 행동 양식이다. 말을 하면 그것이 증거가 되어 제 목을 조른다. 범인의 자백은 사라졌고, 따라서 경찰의 수사는 철저하게 물증을 확보하는 데 주력한다. 강병찬은 범행을 은폐하는 과정에서 많은 허점을 드러냈다. 범행 직후 서은혜의 휴대폰을 처분했지만 데이터가 동기화된다는 사실은 생각하지 못했다. 집 안의 흔적을 지웠지만 이 시도는 모두 실패로 돌아갔다. 강병찬은 자신이 통제할 수 있는 것을 포기하지 않으려 했다. 그러니까 남은 피해자들을 매장한 장소 말이다. 경찰이 그 사실을 알아내려고 한다는 것을 알자 강병찬은 마침내 입을 열었다. 프로파일러는 강병찬이 이 상황을 통제한다고 생각하는 것으로 진단했다. 어쨌든 그가 입을 열기 시작했으니 어떤 흔적이라도 찾기를 바랄 뿐이다. 이는 일선 형사들이 해야 할 일이었다. 경찰이 아닌 주승우는 다른 방향으로 접근할 생각이었다.

"최대한 빨리 시신을 찾아야 해."
"너무 당연한 소리를 하시는군요."
주승우의 말에 서병우가 대꾸했다.
경찰의 추정대로 추가 피해자가 있다면 강병찬은 시신을 처리했을 게 분명하다. 시신을 토막 내어 훼손한 후 서은혜처럼 인적이 드문 야산에 매장했을 것이다.

최초 피해자가 발견된 야산을 중심으로 대규모 수색이 이어졌지만 시신은 발견되지 않았다. 시신을 옮기는 데는 자가 차량을 사용했다. 차량에서도 다수의 혈흔이 발견되었는데 화학약품을 대량으로 사용한 탓에 DNA 훼손이 심해서 개별 피해자를 구분하는 증거로 사용하지 못했다. 다만 강병찬의 범행을 증명하는 또 다른 증거가 되었다.

"이게 드라마였으면 아마 내비게이션 경로가 남았겠지?"

"일이 그렇게 쉽게 진행될 거였으면 저희가 왜 이 고생을 하겠습니까."

경찰이 내비게이션 경로로 시신을 은폐한 장소를 찾으려 했으나 기록은 남아 있지 않았다. 내비게이션 제작 업체에 의뢰해 기록을 되살려 보려고 했지만 전원이 꺼진 상태라 애초에 기록되지 않았다는 답이 돌아왔다. 강병찬은 적어도 시신을 은폐하는 과정에서는 내비게이션을 사용하지 않았다. 휴대폰도 추적을 피하려고 꺼둔 것으로 여겨진다.

"나는 이것도 하나의 증거라고 생각해."

주승우가 추측했다.

"어떤 것 말입니까?"

"요즘 같은 시대에 스마트 기기에 의존하지 않고 운전하기는 어려운 일이야. 거기다 서은혜 씨가 발견된 야산은 강병찬의 주거지에서 꽤 거리가 떨어져 있어. 어떤 경로 안내도 없이 초행자가 거기까지 가는 게 가능할까? 밤이라고 해서 그 야산에 인적이 드물다는 건 어떻게 알지? 나는 강병찬이 경험을 토대로 매장할 장소를 골랐다고 생각해. 매일같이 드나들어서 지리를 손금 보듯이 알 수 있는 곳. 이를테면 전 직장이 있던 지역 말이야."

그 말에 서병우는 바로 전화를 걸어 강병찬의 근로 기록을 찾아봐달라고 했다. 답변은 금방 돌아왔다. 강병찬은 현재 거주하는 도시에 정착하고 나서부터 안정적인 직업 없이 바로 일거리를 구할 수 있는 플랫폼 노동 등으로 생계를 이어왔다. 그 이전에는 여러 직장을 짧게 다니고 그만두기를 반복했다. 무진시와 이웃한 남평시의 어느 제조업체에서 가장 길게 일했다. 서병우는 그 주소를 물었다. 주승우는 휴대폰 지도 앱을 켜고 서병우가 불러주는 주소를 입력했다. 지도의 아이콘이 산속에 있는 한 장소를 가리켰다. 그 지도를 서병우에게 보여주었다.

"서은혜가 발견된 장소와 가깝네요."

"그래. 여태까지 수색으로 추가 피해자가 발견되지 않은 건 이것 때문이야. 보통 경찰의 수색 반경은 최초 피해자를 중심으로 설정되니까."

"이 제조업체를 중심으로 하면 나머지 피해자 두 명도 찾을 수 있겠군요."

"아니, 세 명이야."

그 말에 서병우가 의아한 표정을 지었다.

"강병찬의 집에서 확인된 혈흔은 서은혜 외 두 명이 전부인데요?"

주승우는 종이 한 장을 내밀었다. 수도 요금 고지서였다.

"시신을 토막 내어 훼손하고 나면 그 뒤처리를 하는 데 대량의 물이 필요하지. 강병찬은 최대한 증거를 은폐하려고 화장실을 더 깨끗하게 청소했어. 요즘 수도 요금 고지서에는 매달 사용량이 대략적으로 표시돼. 이전과 달리 석 달 전부터 물 사용량이 증가한 게 보이지."

그래프는 1월부터 9월까지 큰 변화가 없었다. 여름인 6~8월에는 미세하게 사용량이 늘었지만 비교적 완만했다. 그러던 물 사용량이 10~12월에 급격하게 증가했다.

"강병찬은 평소에 잘 씻고 다니지는 않았던 것 같아. 그런 사람이 여름이 아닌 겨울에 물을 더 많이 사용한다? 집에 사람이 자주 드나들었지만 이 정도로 물 사용량이 증가하는 건 또 다른 이야기야. 나는 강병찬이 10월, 11월, 12월에 한 명씩을 살해했다고 생각해."

"안 좋은 상황이네요."

서병우가 한숨을 내쉬며 말했다.

"아직은 모르지."

"예?"

"12월에 한 명이 살해당했을 거라고 했잖아. 지금은 1월 초고. 짧으면 일주일 이내에 매장이 이루어졌을 거야. 요 며칠은 한파 때문에 평균 기온이 영하 10도 아래로 내려가 있었지. 시신은 부패가 진행되지 않았을 확률이 커. 최대한 빨리 수색을 시작해야지."

서병우는 휴대폰으로 수색팀 파견을 요청했다. 주승우는 사건 조서를 들고 자리에서 일어나 외투를 입었다. 서병우가 꾸벅 인사했다.

"감사합니다, 선배님. 이제 경찰도 아니신데. 큰 도움을 받았습니다."

"뭐? 아니야."

주승우가 말했다. 그러고는 멀뚱히 바라보는 서병우에게 덧붙였다.

"뭐 해? 같이 안 갈 거야?"

"어디 말인가요? 댁에요? 태워다 드릴까요? 차 안 끌고 오셨죠?"

"왜 내가 차를 안 끌고 왔다고 생각해?"

"저하고 근무하던 시절에 반파시킨 순찰차가 몇 대였죠?"

"……세 대였지."

"나중에 서장님이 너는 순찰차 타고 다니지 말라고 하셔서 차 뽑았는데 몇 개월 만에 폐차하셨죠?"

"……한 달."

"그러니까 제가 당연히 차 안 끌고 왔다고 생각했죠. 선배님은 자기 객관화가 되는 분이니까요."

"서병우 많이 컸네."

주승우가 한숨을 내쉬자 서병우가 빙글거리며 웃었다.

"그래서 우리가 가야 할 곳이 어디입니까?"

"공장에 가봐야지. 시체를 찾아봐야 할 거 아니야. 겨울에는 들짐승들이 먹을 게 없어서 후각이 예민하지. 서은혜 씨처럼 들짐승이 시신이라도 파먹으면 어떻게 할 거야?"

"아하."

"빨리 가자."

주승우의 재촉에 서병우가 나갈 채비를 했다. 당직 중인 경관에게 부탁해 삽과 손전등도 챙겼다. 두 사람이 경찰서 밖으로 나오자 세찬 바람이 얼굴을 할퀴었다. 주승우는 문득 강병찬이 이 강추위를 뚫고 어두운 산을 헤맸을 거라는 생각이 들었다. 시신과 매장할 도구를 동시에 옮기기는 쉽지 않았을 것이다. 머리는 나빠도 의지력이 대단한 자였다. 그 의지력을 좋은 방향으로 썼다면 얼마나 좋을 것인가.

강병찬이 일했던 제조업체로 가는 길은 서병우가 운전했다. 경기도 동부의 남평시는 비교적 높은 산이 많아서 개발이 더뎠고, 그 때문에 싼 땅값을 노린 제조업체의 공장이 여럿 있었다.

"그 제조업체 말이야. 공장을 옮긴 모양이야."

휴대폰으로 계속 정보를 찾던 주승우가 말했다.

"그럼 그 부지는 지금 비어 있겠네요."

"강병찬이 그 사실을 알았다면 거기가 안성맞춤이라고 생각했을 거야. 근처에 인가도 없고, 등산객이 찾을 만한 산도 별로 없지. 서은혜 씨를 발견한 등산객도 일부러 외진 산만 다니는 사람이었으니까.”

“무진시에서 여기까지 시간이 제법 걸리는데 강병찬이 차로 시신을 옮겼다면 도중에 CCTV에 많이 찍혔을 것 같은데요.”

“아니야.”

“네?”

“오면서 세어봤어. 무진시 경계를 넘고 남평시에 들어오니까 CCTV가 거의 없더군. 요즘 교통사고 사망률이랑 살인 사건 발생 비율이 급감하니까 이쪽 예산을 줄이는 지자체가 있다던데 이 동네도 그런 모양이야. 안 좋은 현상이야. 우리나라에서 살인 사건 발생률이 급감한 건 사방에 CCTV가 있어서 범죄 수사가 유리한 덕분이었는데.”

“그럼요, 저도 잘 알죠.”

전환형 제정 이후 강력 범죄가 급감하면서 각 지자체의 경찰들은 강력반 인원을 축소하기까지 했다. 그 덕분에 서울경찰청 소속인 서병우가 인력 부족을 호소한 무진시에 1년 동안 파견을 나와 있었다.

“우리는 계속 CCTV 늘려야 된다, 경찰관 수도 더 늘려야 된다, 말했어. 알지?”

서병우는 대답하지 않았다. 그때 내비게이션에서 목적지에 거의 도착했다는 음성이 들려왔다. 자동차는 아스팔트로 포장된 국도에서 시멘트 도로로 들어선 참이었다. 주승우는 주변을 살펴봤다. 헤드라이트가 비추는 곳을 제외하면 아무것도 보이지 않았다. 공장의 정문이 나타났다. 철문은 쇠사슬로 칭칭 감긴 채 사유 재산이니 출입을 금지한다는 경고문이 붙어 있었다. 자동차가 그 앞에 섰다.

두 사람은 차에서 내려 삽과 손전등을 챙겼다. 주승우는 손전등을 들고 정문을 비추었다. 곧 정문에 다가가 쇠사슬을 이리저리 흔들었다. 헐거운 기색은 없었다. 주승우는 부지를 감싼 담벼락을 살폈다. 꽤 높았지만 철조망이 없어서 성인 남자라면 못 넘어갈 정도는 아니었다. 다만 시신을 들고 넘기에는 좀 힘들어 보였다. 주승우가 고민하는데 다른 쪽을 수색하던 서병우가 사다리를 들고 나타났다.

"어디서 났어?"

"저 나무 뒤쪽에 숨겨져 있던데요."

서병우가 어두운 숲속을 가리키며 말했다.

"강병찬이 사용하던 걸까?"

"그럼 만지면 안 되겠네요."

서병우는 사다리를 담벼락에 기대놓으며 말했다.

두 사람은 담을 넘어 공장으로 들어갔다. 서병우가 먼저 올라가 운동 신경이 나쁜 주승우의 손을 잡고 위로 끌어당겼다.

부지 안쪽에는 생산 설비가 자리했을 건물이 있었고 창고 같은 건물도 몇 채 보였다. 사람에게 버려진 건물은 금방 망가지기 마련이다. 콘크리트 바닥은 금이 가고 건물의 벽에는 검은 얼룩이 가득했다. 들리는 소리라고는 바람 소리와 두 사람이 자갈을 밟는 소리뿐이었다.

서병우가 드럼통을 발견했다. 윗부분에 그을음이 가득했다. 주승우는 손전등으로 안쪽을 비췄다. 뭔가를 태운 흔적이 남아 있었다. 검은 재 속에 덩어리 같은 것이 있었다. 지갑이었다. 겉은 숯처럼 탔지만 내용물은 멀쩡했다. 그중에는 신분증이 있었다. 서병우가 그것을 보더니 말했다.

"가죽 지갑이 타면서 안쪽의 내용물을 보호해준 것 같네요."

신분증의 사진은 불에 탔지만 이름과 주민번호는 무사했다. 한지혜. 나이는 33세였다. 서병우가 전화를 걸어 한지혜라는 이름으로 실종 신고가 들어온 것은 없는지 물었다.

"얼마 전에 가족과 회사에서 연락이 안 된다며 신고가 들어온 모양입니다."

"이 사람도 강병찬에게 살해된 걸까?"

"정황상 맞지 않을까요?"

"확인해봐야지."

주승우는 드럼통을 뒤질까 하다 증거를 훼손할지도 몰라 그만두었다. 서병우가 수사팀과 국과수 파견을 요청해 곧 경찰들이 몰려오고 수색이 시작될 것이다.

"강병찬이 이 공장에서 시작해 산으로 움직였다면 시신을 옮기기에 좋은 도구를 썼을 거야. 대형 캐리어 같은 거 말이야. 바큇자국 같은 게 남지 않았을까?"

"최근에는 한파 때문에 땅이 굳어서 그런 흔적이 남아 있을까요."

"그래도 한번 찾아보지. 시신은 빨리 찾을수록 좋으니."

서병우는 군말 없이 손전등을 땅으로 향한 뒤 주변을 수색했다. 주승우도 마찬가지였다. 추위에 땅은 딱딱하게 굳어 지나온 자리에 발자국 하나 남지 않았다. 둘은 자연스럽게 멀어졌다. 시간이 얼마나 흘렀는지도 느끼지 못할 때 어둠 속에서 서병우가 주승우를 불렀다.

"선배님, 뭔가 찾은 것 같습니다."

주승우는 소리가 들려오는 쪽으로 뛰어갔다. 서병우가 손전등을 들고 서 있는 게 보였다.

"땅을 파헤친 흔적이 있습니다."

"한번 파보지."

두 사람은 삽으로 땅을 파기 시작했다. 얼어붙은 흙을 파내기가 쉽지 않았다. 추운 날씨에도 온몸에 땀이 났다. 그즈음 삽 끝에 단단한 무언가가 부딪히는 게 느껴졌다. 주변의 흙을 치우고 두 사람이 동시에 힘을 주어 꺼냈다.

커다란 캐리어였다. 주승우와 서병우는 서로를 마주 봤다. 심호흡한 뒤 캐리어를 연 서병우는 눈이 커지더니 몸을 뒤틀며 구역질을 토했다. 주승우는 캐리어를 조심스럽게 닫았다. 찾고 있던 사람을 찾았다.

경찰 수색팀은 공장 부지를 중심으로 수색을 이어나갔고 곧 인근 야산에서 남성 한 명, 여성 한 명의 시신을 추가로 발견했다. 신원은 금방 밝혀졌다. 하연하(21세)와 추승호(23세). 두 사람은 연인 관계로 추정되었다. 하연하는 조건 만남 같은 성매매로 생계를 이어 나간 것으로 보인다. 추승호는 연인이었지만 동시에 포주이기도 했다. 시신이 발견되자 강병찬은 하연하를 살해했는데 곧 추승호가 하연하를 찾아왔다고 했다. 가만히 두면 위험하겠다는 생각이 들어 그를 살해했다. 경찰이 강병찬의 집에서 수집한 혈흔 중 한 건이 하연하와 일치한다는 국과수의 검사 결과가 나왔다. 강병찬은 추승호를 인적이 드문 골목에서 끈으로 목을 졸라 살해한 후 차로 옮겼다고 진술했다. 그 진술대로 추승호는 다른 피해자들과는 다르게 시신이 훼손되지 않은 상태로 발견되었다. 사건은 주승우가 예상한 대로 11월에 발생했다. 두 달 정도 땅에 묻혀 있던 시신은 부패가 심해서 전환이 불가능했다.

앞서 세 건의 살인을 인정한 강병찬은 마지막 피해자로 추정되는 한지혜에 대해 범행을 완강히 부인했다. 이러한 강병찬의 분열적인 태도에 그를 신문한 사건 담당 검사마저 당황할 정도였다.

"방에서 한지혜의 DNA가 나왔어. 네가 시체를 썰어 댔던 화장실에서 혈흔이 발견되었다고. 그런데도 네가 한지혜를 죽인 게 아니라고?"

"아냐! 나는 그 여자 얼굴도 몰라!"

강병찬의 부인에 검사는 한지혜가 실종된 것으로 추정되는 날 강병찬과 나눈 대화 내역을 보여주었다. 휴대폰을 포렌식한 결과물이었다. 강병찬은 데이팅 앱을 통해 살해 대상을 찾았다. 둘은 서로 만나기로 하고 약속 장소와 시간까지 정해둔 상태였다. 강병찬은 그때 한지혜가 약속 장소에 나타나지 않았다고 진술했다. 이 진술에 검사가 폭발했다.

"이 쓰레기 같은 놈! 사람을 넷이나 죽이고 그중에 셋을 토막 냈으면서!"

분노로 날뛰는 검사를 수사관들이 취조실에서 끌어냈다. 강병찬은 강병찬대로 한지혜를 죽이지 않았다고 소리쳤다.

"경찰이 증거를 조작한 거야! 나는 그 여자를 안 죽였어!"

"이 새끼는 전환형 선고가 불가능하더라도 제가 반드시 죽일 겁니다."

검사 김경호의 눈은 살기로 번들거렸다.

주승우는 고개를 절레절레 젓고는 가져온 서류를 김경호에게 내밀었다.

"성공했군요."

김경호의 말에 주승우는 고개를 끄덕였다. 검사는 감격한 표정으로 서류를 읽어 나갔다. 이내 그의 눈이 촉촉하게 젖었다. 겉으로 보면 조폭이랑 별 차이가 없는 남자가 눈시울을 붉히며 코까지 훌쩍거렸다.

"이걸로 전환형을 구형하는 게 가능하겠군요."

"그렇습니다."

주승우는 담담하게 대답했다.

"그런데 이 서류를 전하러 일부러 여기까지 오신 겁니까?"

"강병찬이 피해자 중 하나인 한지혜 씨를 죽였다는 걸 부인했다면서요?"

김경호는 이 사람이 왜 이런 걸 묻나 하는 얼굴이었다. 그러다 문득 생각이 난 듯 말했다.

"아, 그러고 보니 수사에 참여했다고 하셨죠?"

"네, 기관에서도 관심이 많은 사건이었습니다. 전환형 제정 이후 살인자가 시신을 훼손하는 일이야 비일비재하지만 연쇄살인은 처음이니까요. 강력반 인원 줄어든 거야 전국이 마찬가지고, 마침 저도 경찰 물을 먹었으니까요."

"참 한심한 일이죠. 살인 사건 발생 비율과 교통사고 사망자 수가 급감한 건 대한민국 사방에 CCTV가

깔리고 살인 사건 검거율이 100퍼센트에 달하기 때문인데 이제 범죄 건수가 줄어드니까 안전 비용을 줄인다니. 무슨 국가가 기업인 줄 알아요."

김경호가 눈살을 찌푸렸다. 검찰과 경찰은 수사권 분쟁으로 서로 대립했지만 이런 점에서는 폭넓은 공감대가 형성되어 있었다. 주승우도 그 의견에 동의했다. 전환형을 최종적으로 집행하는 입장에서 경찰과 검찰이 잘못된 판단을 내리는 것만큼 치명적인 일은 없었다. 그 과정을 검증하는 것이 주승우의 임무였다. 김경호는 주승우의 우려를 이해하는 듯했다.

"저도 아까 말은 그렇게 했지만 혹시 몰라서 강병찬의 말이 사실인지 검증해봤습니다. 결론은 문제가 없다는 것이었습니다."

"그렇습니까?"

"네, 한지혜 씨를 만난 적이 없다고 했지만 그쪽의 일방적인 주장이죠. 강병찬이 한지혜 씨와 만나기로 한 장소에는 CCTV가 없었습니다. 사건이 일어난 지역의 대학이 폐교하면서 그 지역이 슬럼화되었지요. 강병찬은 표적을 정할 때 철저하게 동선을 고려해왔습니다. 희생자들과 만나는 장면은 단 한 번도 CCTV에 찍히지 않았어요. 강병찬은 제 흔적을 은폐하려고 그랬지만 자기 말이 사실인지 아닌지 증명할 방법도 없었습니다. 스스로 목을 졸랐다고나 할까. 강병찬의 집에서 한지혜 씨의 DNA가 검출되고 그가 피해자들의 유류품을 처리하던 공장 부지에서 한지혜 씨의 물건이 연달아 발견되었죠. 증거가 명확합니다. 강병찬은 한지혜 씨를 살해하고 시신을 훼손까지 했습니다. 만약 전환이 불가능하더라도 무기징역 이상의 형이 선고되었을 겁니다."

"그런데도 이상한 점은 없습니까?"

그 말에 김경호는 고개를 갸웃거렸다.

"글쎄요. 이상한 점이야 좀 있죠. 강병찬은 집에 여러 사람을 자주 드나들게 했어요. 그중 일부는 강병찬이 조건 만남을 통해 성매매한 경우였죠. 그렇게 많은 사람이 드나들었는데 그 사람들 모두를 살해한 건 아니에요. 살해당한 사람 중 서은혜와 하연하는 외모가 좀 닮은 느낌이었죠."

주승우는 두 사람의 외모를 떠올렸다.

"하얀 피부, 긴 생머리, 눈이 약간 뾰족하고."

"맞습니다. 하지만 한지혜 씨는 그런 느낌이 별로 없죠."

"그건 너무 미약한 근거군요."

"그렇죠."

김경호는 너털웃음을 터뜨렸다.

"아, 그것도 있네요. 시신을 자르는 용도의 도구가 앞선 사건과 다르다는 분석 결과가 있어요."

"사용한 톱의 종류가 달랐다는 말입니까?"

"맞습니다. 강병찬이 그 도구를 버렸을 가능성이 크죠. 강병찬의 주장은 앞뒤가 안 맞습니다. 앞선 사건의 범행은 순순히 인정했죠. 이건 요즘 범죄자들과는 결이 다릅니다. 요즘 살인 사건 용의자 중에 누가 자백을 합니까. 그런데 한지혜 씨의 경우 증거가 명백한데도 완강히 범행을 부인하고 있어요. 본인은 전환기관과 맞서 싸우는 중이라고 하는데. 사실 저는 첫 살인인 서은혜 씨 경우도 우발적이라고 보고 있습니다."

"어째서 그렇죠?"

"부검 결과가 그래요. 서은혜 씨는 애초에 전환이 불가능한 상태여서 검시가 아니라 부검이 진행되었습니다. 그 결과 사인은 외부 요인으로 인한 두부 손상, 그로 인한 뇌출혈로 판단되었습니다. 즉 머리에 강한 충격이 가해져서 죽었지요."

그 말에 주승우는 어떤 상황인지 대번에 이해했다. 검사는 그 추측이 옳다는 것을 바로 확인시켜주었다.

"어떤 이유로 강병찬과 서은혜 씨는 몸싸움을 벌인 겁니다. 그 과정에서 강병찬이 실수로 서은혜 씨를 힘껏 밀쳤고 그때 머리를 세게 부딪혔겠지요. 그 충격으로 정신을 잃었는데 강병찬 이 멍청한 놈은 살인을 저지른 줄 알고 덜컥 겁이 나서 방을 나가 몇 시간 동안 밖을 배회한 겁니다. 방치된 서은혜 씨는 그대로 사망했지요. 강병찬은 처음에 자포자기하다가 마침내 머리가 돌아버려서."

이때 검사는 관자놀이 부근에서 손가락을 빙빙 돌렸다.

"이상한 논리를 세우고는 자기가 무슨 투사인 것처럼."

그렇게 말하고 김경호는 한숨을 내쉬었다.

"강병찬은 그냥 저열하고 멍청한 쓰레기입니다. 예전 같았으면 첫 번째 사건에서 멈추고 자수했을 거예요. 그런데 이 쓰레기는 하……. 만약 한지혜 씨가 전환이 불가능한 상태였다면 이놈은 뻔뻔하게 살아 있었겠죠."

"그랬을 겁니다."

강병찬은 충분히 범죄자가 될 만한 사람이었다. 서은혜의 경우처럼 고의는 아니지만 사람을 죽일 가능성이 농후했다. 그런 그가 흉악한 연쇄살인범이 된 것은 전환에 대한 두려움 때문이었다. 이런 심리 변화는 과거의 경우와 달랐다. 전환형은 피해자에게는 부활이지만 살인자에게는 죽음을 의미한다. 강병찬은 죄의식 때문에 순순히 자수할 사람이 아니었다. 서은혜를 죽게 만들고 자포자기한 그는 이렇게 생각했을 것이다. 어차피 내 인생은 끝났다. 그렇다면 몇 명쯤 더 죽여도 상관없지 않겠는가.

주승우는 이 가능성을 부정하지 못했다. 서은혜는 죽었어도 나머지 세 사람은 살았을지도 모른다. 전환형 제정 당시에 부작용으로 우려하던 전형적인 사례였다.

"이제 재판이 시작되겠군요."

"네, 증거가 확실하니 변호인 쪽에서도 할 게 별로 없을 겁니다."

김경호가 자신했다. 그리고 그 말대로 되었다.

강병찬의 재판은 1심과 2심, 3심을 모두 진행했다. 강병찬은 각 재판에서 항소와 상고를 모두 신청했다. 그 재판이 진행되는 데 모두 6개월 정도가 걸렸다. 통상적인 형사 사건이 1심을 진행하는 데 4개월 정도

걸린다. 전환형이 구형된 형사 사건은 전환자의 빠른 사회 복귀를 위해 재판 기간이 최소한으로 단축되는 경향이 생겼다.

1심에서 강병찬은 내내 심드렁한 표정이었다. 검사와 판사의 질문에도 무성의하게 대답했다. 변호인이 강병찬의 처지를 더욱 잘 대변해주었다. 변호인은 인권 변호사로 유명한 이로 전환을 반대하는 측의 대표적인 인물이었다. 그는 강병찬이 인정한 살인 사건은 받아들였지만 마지막으로 살해된 피해자 한지혜에 대해서는 살인을 부인했다. 변호사는 여러 가지 의문점을 제시했다. 시신을 절단한 도구의 종류가 다르다거나 한지혜가 강병찬에게 살해당하기 전에 이미 행적이 묘연했다는 점을 지적했다. 하지만 변호사의 주장을 충분히 대비하고 있던 검찰 측에 의해 충분히 반박되었다. 무엇보다도 한지혜의 DNA가 강병찬의 집에서 발견된 것이 치명적이었다. 절대 뒤집을 수 없는 증거였다.

강병찬의 주장대로 경찰이 조작하지 않은 한 다른 범인은 있을 수 없었다. 재판 끝에서 검찰은 강병찬에게 전환형을 구형했다. 변호인은 한지혜 씨의 죽음에는 의문점이 있으므로 별도로 재판을 진행할 것을 요청했다. 재판 과정을 지켜본 주승우는 변호인이 유능한 사람이라고 생각했다. 그러나 강병찬에게 너무나도 불리한 증거가 많았다. 강병찬이 범인이 아니라는 새로운 증거가 나오지 않는 이상 뒤집을 방법이 없었다.

주승우는 왜 이렇게 이 사건에 신경이 쓰이는지 몰랐었다. 일종의 이끌림이나 육감 같은 것이라고 설명할 수밖에 없었다. 그토록 완고하게 범행을 부인하는 이유가 있을 것이다. 강병찬이 전환에 대해 안다고 해봐야 일반인과 크게 다르지 않을 것이다.

이어진 재판의 결과 재판부는 강병찬에게 전환형을 선고했다. 강병찬은 큰 충격을 받았다. 시신이 훼손되면 전환이 불가능하다는 것은 잘 알려진 사실이다. 서은혜를 살해하고 시신을 훼손한 것은 그 때문이었다. 만약 경찰에 체포되더라도 전환이 불가능하면 전환형 제정 이전 살인범들과 같은 방식으로 재판을 받았을 것이다. 무기징역이 선고되었을 가능성이 크다.

2심부터 강병찬의 태도는 확연하게 바뀌었다. 내내 초조해했고 다급해했다. 변호사가 진술하고 있을 때 말을 가로막아서 판사의 경고를 받기도 했다. 이번에도 쟁점은 한지혜의 살인이었다. 이를 뒤집지 못하면 전환형을 뒤엎을 방법은 없었다. 변호사는 김경호의 말처럼 아무것도 하지 못했다. 2심도 1심과 같은 판결이 나왔다. 3심도 마찬가지였다.

그사이 계절은 겨울에서 봄으로, 여름의 초입으로 바뀌었다. 강병찬이 최종심에서 전환형을 선고받았다는 소식은 뉴스에서도 짤막하게 다루어졌다. 체포되었을 때 신문과 온갖 뉴스의 중심으로 다루어지던 것과 비교하면 심드렁한 반응이었다. 물론 이 사건에만 국한된 이야기가 아니었다. 근래의 살인 사건이 다 이런 식이었다. 살인자에게는 마땅히 전환형이 선고된다. 그러면 모든 것이 다 해결된다.

강병찬이 전환기관에 후송된 것은 6월 말이었다. 입구에서 후송되는 모습을 촬영하는 언론사 기자 몇몇이 그를 맞이했다. 강병찬은 도착하자마자 기관 내 감금 시설에 수용되었고, 여기서 열흘 정도 머물게 된다. 전환기관에서 최종 신문을 받고 모든 신문이 끝나면 전환당할 것이다.

주승우는 경찰과 검찰을 거쳐 작성된 이번 사건에 관한 보고서를 읽었다. 대부분은 이미 아는 이야기였고 새로운 내용은 거의 없었다. 주승우는 강병찬이 기다리는 신문실로 향했다.

강병찬은 만신창이였다. 주승우는 올해 초 무진경찰서에서 신문을 받던 강병찬을 기억했다. 그때도 보기 좋은 모습은 아니었지만 지난 몇 개월 사이에 몇십 살은 더 늙어 보였다. 기세등등하던 모습은 사라지고 겁먹은 쥐새끼처럼 몸을 덜덜 떨고 있었다. 주승우가 문을 닫는 소리에 화들짝 놀라기까지 했다. 그는 지난 재판 과정 동안 죽음의 공포에 시달려왔다. 구치소에 수감되었을 때 자해 시도를 여러 차례 했다고 한다. 제 쾌락을 위해 네 사람을 죽인 살인자도 죽음 앞에서는 나약하기만 했다.

기관에서 일하며 주승우는 전환 대상자들을 보면서 양가감정을 느낀다. 몸을 웅크리고 부들부들 떠는 사람들을 보면 자연스럽게 연민 같은 것이 생긴다. 하지만 신문실에서 마주 앉은 이들은 태반이 살인자나 어처구니없이 부주의해 사람을 죽게 한 자들이다. 과거에는 이들을 교도소 같은 교정 기간에 감금해 일정 기간 사회에서 격리하고 '교화'시켰다. 전환기관에 오기 전 주승우는 오랫동안 경찰로 일했고 그들이 진정으로 변화할 수 있다는 생각은 버린 지 오래였다. 간간이 그런 일이 일어나기는 했다. 그러나 기적 같은 일이었고 주승우는 기적을 믿지 않았다.

주승우는 강병찬의 건너편에 앉았다.

"전환기관 요원인 주승우라고 합니다. 강병찬 씨는 오늘부터 몇 차례 신문을 받게 될 겁니다."

주승우의 말에도 강병찬은 아무 대답을 하지 않았다. 흔한 반응이었다. 전환 대상자들은 여기까지 오면 아무 말 않거나 끝까지 죄가 없다고 주장했다. 주승우는 기관에 제출된 조서를 통해 강병찬이 벌인 범죄 현황을 소리 내어 읽었다. 강병찬은 조서에 기록된 범행을 말없이 듣고 있다가 말했다.

"그런데 이거 왜 하는 거예요?"

목이 건조한지 끓는 듯한 쇳소리가 났다. 주승우는 읽기를 멈추고 강병찬을 쳐다봤다.

"혹시 모를 상황을 방지하기 위한 절차라고 할까요."

"잘못된 사람을 붙잡아 전환하는 걸 막으려는 거군."

"그렇습니다."

"어차피 안 믿잖아."

주승우는 대답하지 않았다. 한지혜 건에 대해 강병찬은 끝까지 혐의를 인정하지 않았다.

"궁금한 게 있어."

"어떤 겁니까?"

"내가 전환되면 그 한지혜인지 뭔지 하는 여자랑 될 거 아니야? 그런데 내가 알기론 그 여자도 토막이 났잖아."

"……."

"그걸 어떻게 살린다는 거야? 시체가 토막이 났잖아. 그런데 어떻게 살리냐고."

진심으로 궁금하다는 듯이 묻는 강병찬에게 주승우는 솔직히 말할까 싶었다. 말하지 않아도 상관없다. 어차피 열흘 후에 전환될 사람이니까. 반대로 마지막이니 말해줘도 상관없었다.

"그렇죠. 통상적으로 시신이 훼손되면 전환이 안 되죠. 하지만 적절하게 조치한다면 전환이 가능해집니다."

강병찬은 눈을 부릅뜨고 이야기를 들었다.

"중국은 한국보다 7년 일찍 전환형이 제정되었죠. 중국 사람들이 참 무서운 게 전환자의 상태가 나빠도 전환을 했습니다. 당신처럼 시신을 토막 내도 수술해서 기어코 전환이 가능한 상태로 만들었어요. 일명 '사후 외과 시술'이라고 불리죠."

한지혜의 토막 난 유해는 전환기관으로 넘어와 서른여섯 시간 동안 외과 시술을 진행했다. 결과적으로 한지혜는 원래의 모습을 되찾아 전환이 가능해졌다.

"요는 얼마나 훼손되었는가가 아니라 얼마나 부패했는가입니다. 다른 피해자분들은 야산에 매장되어 부패가 너무 심해서 이 시술을 받아도 전환이 가능한 상태가 아니었습니다. 한지혜 씨의 경우는 겨울이어서 시신이 훼손되었어도 전환이 가능한 상태였습니다."

"……왜? 이건 내가 몰랐지?"

"이 정보가 사회에 알려졌을 시 범죄자들에게 잘못된 신호를 줄 수 있기 때문입니다. 생각해보세요. 살인자 중에 전환되지 않기 위해서 피해자의 시신을 훼손하는 경우가 태반입니다. 이 정보가 알려지면 시신을 확실히 훼손하기 위해 위험한 시도를 하겠지요. 아무 관련 없는 시민들에게도 위험한 일입니다. 실제로 그런 사건이 일어났었죠."

주승우는 지난달에 전환한 살인자를 생각했다. 자신을 성추행범으로 고발한 직장 동료를 살해한 남성이 전환형을 피하려고 피해자의 원룸에 불을 질렀다. 그 과정에서 피해자는 전환이 불가능한 상태가 되었고, 옆집에 사는 남성 한 명이 질식사했다. 법원은 범인에게 전환형을 선고했고, 범인은 질식사한 남성과 전환되었다.

이제 강병찬은 완전히 무너져 눈물까지 흘리고 있었다. 사람이 눈앞에서 우는데도 주승우의 마음은 싸늘했다. 모욕감마저 들었다. 살인자가 자신만을 위해 흘리는 눈물은 눈물에 대한 모욕이다.

눈물을 흘리던 강병찬이 혼자 중얼거렸다. 처음에는 무슨 말인지 잘 들리지 않았지만 이내 명확하게 들려왔다.

"내가 죽인 건 그년이 아니야. 다른 여자라고."

"뭐라고?"

주승우가 되물었지만 강병찬은 대답하지 않았다. 그 대신 소리를 지르기 시작했다.

"으아아! 으아아!"

강병찬이 괴성을 지르며 수갑을 찬 팔을 허공에서 휘둘렀다. 바깥에서 대기하던 요원들이 몰려 들어왔다. 주승우는 그를 제압하려다가 얼굴을 세게 얻어맞았다.

"괜찮으십니까?"

후배 요원인 임호가 물었다.

"괜찮아."

얼굴에 무언가 흐르는 것 같더니 코피가 후드득 떨어졌다. 임호가 건넨 손수건으로 코를 막았다. 복도

끝에서 여전히 강병찬의 괴성이 들려왔다.

"그런데 무슨 일이십니까?"

임호가 다시 물었다.

"아무것도 아니야."

말은 그렇게 했지만 주승우는 어떻게 해야 할지 생각했다. 강병찬이 마지막에 한 말이 사실인지를 확인해야 했다. 주승우는 강병찬이 정신을 차리면 다시 한번 신문을 진행하기로 했다.

하지만 다음 날 신문은 진행하지 못했다. 그날 밤 강병찬이 자살을 기도했다. 다행히 감시하던 요원이 금방 발견해 생명에는 지장이 없었다. 강병찬은 자신이 전환기관과 싸우는 투사라고 말했다. 기관과 싸우는 가장 효과적인 수단은 바로 전환 대상자의 자살이었다. 그런 의미에서 그는 그 수단을 이제야 찾았다. 의료진이 치료한 뒤 강병찬에게 대량의 진정제를 투입했다. 진정제에 취한 강병찬은 반혼수상태로 누군가의 질문을 이해할 상황이 아니었다. 전환기관에 온 순간부터 전환 대상자는 자살 방지를 목적으로 스물네 시간 내내 감시를 받는다. 강병찬의 목숨은 강병찬의 것이 아니었다. 전환자 한지혜 씨의 것이었다.

　강병찬이 전환되는 날 주승우는 울산경찰청의 요청으로 울산에 가 있었다. 그동안 강병찬과 한지혜 씨의 전환이 진행되었다. 전환기는 관 두 개를 나란히 놓은 것처럼 생겼다. 두 관이 무수한 호스로 연결되어 있다. 전환 현상을 일으키는 작동 원리는 전환기가 초래하는 현상의 위험성 때문에 기밀에 붙여져 있다. 그러나 주승우는 작동 원리를 안다고 그걸 이해할 수 있을지 의문이었다. 한 인간을 희생시켜 죽은 인간을 부활시키는 일이 이해 가능할까.

　전환 과정은 총 여섯 시간이 걸린다. 전환이 시작되면 양쪽 전환기에 특수 용액이 가득 차며 두 관은 이어진 호스를 통해 물리적으로 연결된다. 처음 세 시간은 아무 일도 생기지 않는 것처럼 보인다. 전환 대상자는 호흡하고 있고, 겉으로 보기에 전환자에게 아무 일도 없어 보인다. 하지만 속을 들여다보면 생명 활동이 멈춘 전환자의 세포가 폐를 중심으로 재생된다. 세 시간이 지난 시점에 전환자의 심장 세포가 생성되는데 그때부터 본격적인 재생이 시작된다. 일종의 부활 물질이 심장을 시작으로 온몸으로 퍼져 나가며 전환자의 생명을 회복시킨다. 그와 반대로 전환 대상자의 세포는 뇌를 시작으로 사멸하며 심장 박동과

호흡 주기가 점차 줄어들다가 여섯 시간이 지나면 생명 활동이 완전히 멈춘다. 그렇게 전환자는 부활한다.

주승우가 울산에서 일을 끝마치고 기관에 복귀했을 때 두 사람의 전환 절차는 모두 끝나 있었다. 한지혜의 회복은 전환자 중에서도 빠른 편이었다. 일어선 지 한 시간 만에 혼자 걸을 수 있게 되었다. 다만 지난 행적에 대해서는 기억하지 못했다. 살해된 날로부터 일주일 동안의 기억을 잃어버렸다. 치명적인 육체적 손상을 입었다가 회복한 상황이었다. 비교적 흔하게 일어나는 일이었다.

주승우가 주차장에 차를 세워두고 같이 외근을 간 임호와 현관으로 들어갔을 때 환자복을 입은 여자와 마주쳤다. 목덜미에 붉은 띠 같은 흉터가 남아 있었다. 잘렸던 목이 재생된 흔적이었다. 주승우는 환자복을 입은 여자가 누구인지 깨달았다. 오늘 강병찬과 전환된 한지혜였다.

로비에 선 그녀는 정면의 유리문을 통해 그 너머의 하늘을 응시하고 있었다. 주승우는 한지혜에게 다가갔다. 그리고 어깨를 두드리곤 물었다.

"당신은 누구죠? 당신한테 무슨 일이 일어났던 겁니까?"

"선배님, 뭐 하십니까?"

뒤에 있던 임호가 물었다. 그 물음에 주승우는 상상에서 빠져나왔다. 한지혜는 여전히 하늘을 응시하고 있었다.

"아무것도 아니야."

주승우와 임호는 한지혜를 지나쳐 건물 안쪽으로 들어갔다. 의심하고 의심할 것. 주승우를 전환기관으로 이끈 이가 요구한 것 중 하나였다. 하지만 지금은 해야 할 일이 많았다. 두 사람은 로비를 가로질러 엘리베이터를 탔다. 닫히는 문 사이로 현관이 보였다. 한지혜는 처음부터 그 자리에 없던 것처럼 사라지고 보이지 않았다.

냉정한 계산

"당신네 아버지는 오래 살았잖아! 내 딸은! 그 젊은 나이에!"

갑작스러운 고함에 회의장이 술렁거렸다. 회의를 주관하던 판사마저 당황해서 눈만 끔뻑거릴 뿐이었다. 할 말을 찾지 못한 사람들 사이에서 잠깐의 정적이 흘렀다. 주승우는 올 것이 왔다는 생각이 들었다. 회의는 시작부터 분위기가 좋지 않았다. 피해자의 변호인들이 저마다 이유를 들며 의뢰인들이 전환자로 지정되어야 합당하다는 주장을 펼치자 동석한 피해자 가족들의 표정이 굳어갔다. 분위기는 점차 날카로워지고 긴장감이 흘렀다. 팽팽하게 이어지던 긴장이 폭발하듯 끊어진 건 피해자 가운데 한 명인 이봄의 아버지가 한 발언 때문이었다. 곧 상대방 쪽에서 고함이 터져 나왔다.

"지금 무슨 말을 하는 겁니까? 우리 아버지가 당신 딸보다 오래 살았으니까 살아날 자격이 없다는 겁니까?”

다른 피해자인 김성웅의 아들이 소리쳤다. 회의장은 곧 아수라장이 되었다. 피해자의 가족들이 서로를 향해 고함치기 시작했다. 변호인들이 말렸지만 회의 내내 쌓인 울분이 분출하듯 서로를 향한 비방이 격해져만 갔다.

옆자리에 앉은 임호는 어쩔 줄 몰라 하면서 두 유가족을 연달아 쳐다봤다. 주승우는 회의장에서 싸우는 두 사람의 모습에 안타까움을 느꼈다. 싸울 필요가 없는 사람들이었다. 죄는 한 사람이 지었는데 그로 인한 고통은 죄와 무관한 사람들이 받고 있었다.

전환형의 제정은 살인 범죄를 멸종 위기종으로 만들었다. 전환형 제정 이전과 비교하면 80퍼센트 이상 줄었는데, 그럼에도 횟수가 줄어들었을 뿐 사라지지는 않았다. 인간이 멸종하지 않는 한 살인이라는 행위는 사라지지 않을 것이다.

어떤 살인 범죄는 더욱 급격하게 줄어들었다. 계획 살인이나 원한에 의한 살인인 경우에는 시체를 훼손하지 않는 한 자신이 죽인 대상과 전환되기 때문이었다. 우발적 살인은 그 감소 폭이 앞의 유형보다는 다소 적었다. 사람을 죽일 만큼 제 감정을 통제하지 못하는 이들에게는 전환형도 족쇄가 되지 못했다. 그런 이들은 금방 경찰에 체포되었고, 재판에서 전환형을 구형받아 피해자와 전환되었다. 이제 이런 사건은 뉴스 거리도 되지 않았다.

살인범 박철은 굳이 분류하자면 전자였다. 범행 이전에 인터넷 커뮤니티 사이트에 살인을 예고하는 글을 썼다. 하지만 주목받지 못했는데 그런 글이 하루에도 수십 건씩 올라오는 사이트기 때문이었다. 대부분은 그저 '어그로'를 끌려고 올렸다. 회원들도 그 사실을 알기에 그런 글은 무시를 받거나 조롱의 대상이 되었다. 이번 경우에는 달랐다.

박철은 사이트에 살인 예고 글을 올린 뒤 거주지 근처의 생활용품점에서 식칼을 구매하고 지하철을 탔다. 장바구니에 식칼을 넣고 몇 정거장을 간 뒤에 한 지하철역에서 내렸다. 박철은 그 과정마다 게시글을 작성하고 사이트에 올렸다. 그 게시글은 놀라울 만큼 아무 반응도 얻지 못했다. 사이트를 이용하던 어느 누구도 경찰에 신고하지 않았다. 박철이 내린 곳은 서울 강남구에서 유동 인구가 가장 많은 서남역이었다. 그는 서남역의 지하상가를 한참 배회했는데, 그 행동은 처음에 범죄 대상을 물색한 것으로 보였으나 수사 결과 단순히 예고한 범행 시간이 되지 않아서였음이 밝혀졌다. 그는 명백한 확신범이었다. 예고 시간이 되자 박철은 서남역에서도 사람들로 가장 붐비는 출구로 걸어갔다. 하루에도 수만 명의 사람이 오가는 곳이었다. 출구로 올라온 박철은 잠시 뜸을 들이다가 준비한 식칼을 장바구니에서 꺼내 눈앞에 있는 사람들을 공격했다.

가장 먼저 찌른 사람은 중년 남성이었다. 거래처 미팅 때문에 그 역에 온 참이었다. 저녁에는 가족과 외식을 하기로 되어 있었다. 박철은 목에 정확히 칼을 찔렀다. 그는 목을 감싸고 몸을 틀어서 박철과 거리를 벌렸다. 박철은 그를 쫓지 않았다. 한 명이라도 더 많은 사람을 해치는 것이 목표였다. 이를 위해 그는 인터넷에서 칼로 어디를 찔러야 사람이 확실하게 죽는지도 공부했다.

이내 멍하니 서 있는 한 여성이 보였다. 박철은 여자의 복부에 칼을 찔러 넣었다. 대학 졸업 후 첫 직장에 취직해 친구들에게 취업 턱을 내고자 서남역에 온 사람이었다. 그즈음 주변 사람들이 비명을 지르고 도망치기 시작했다. 박철은 도망치는 사람을 쫓아가며

칼을 휘둘렀다. 추가로 세 명의 피해자가 더 발생했지만 처음 두 명보다는 치명적이지 않았다. 곧 용감한 시민 여러 명이 박철과 대치하며 시간을 끄는 사이에 출동한 경찰에 의해 박철은 체포된다.

처음 두 사람은 곧 인근 병원으로 이송되었으나 급소를 공격받아 예후가 좋지 않았다. 병원에 이송된 직후 첫 번째 피해자인 김성웅이 사망했다. 두 번째 피해자인 이봄은 의료진의 집중적인 치료를 받았으나 의식을 회복하지 못하고 스물다섯 시간 만에 결국 사망했다. 나머지 피해자들은 중경상을 입었으나 생명에 지장이 있지는 않았다.

모두가 안전하다고 생각한 도시 한복판에서 살인 사건이 일어나자 시민들은 큰 충격을 받았다. 더욱 충격적인 것은 박철이 사전에 범행을 예고했다는 점이었다. 무차별 살인은 전환형 제정 이전에는 끝없이 일어나던 사건으로 전환형 제정의 찬성 여론이 압도적으로 높아지게 된 이유 가운데 하나였다. 전환형이 제정되자 무차별 살인의 발생 건수는 0에 수렴하게 되었다. 범인이 현장에서 즉각적으로 체포되기 때문이었다. 시신을 완벽하게 훼손하지 않는 한 범인은 반드시 전환된다. 극악한 살인범이라도 자신이 반드시 죽는다는 사실은 범행을 억제하는 데 유의미한 성과를 거두게 해주었다. 박철은 정말 예외적인 경우였다.

경찰에 체포된 직후 왜 살인을 저질렀느냐는 물음에 박철은 눈을 멍청하게 끔뻑이더니 말했다.

"나만 불행한 게 억울해서."

그러고는 배가 고프다고 말했다. 경찰이 배달시켜 준 국밥을 그는 아주 잘 먹었다고 한다.

"선배님, 저 진짜 토 나올 것 같습니다."

임호는 정말 속이 울렁거린다는 듯 울상이었다.

"이제 시작인데 벌써 그러면 어떻게 해."

주승우가 혀를 차며 말했다.

양쪽 피해자의 싸움이 끝날 기미가 보이지 않자 회의를 진행하던 판사는 잠시 중단시키고 삼십 분간 휴식할 것을 권고했다. 그 말에 양 피해자의 가족을 제외한 사람들 모두가 안도의 한숨을 내쉬었다. 그대로 놔두면 정말 날이 다 가도록 싸울 것 같았다.

"진짜 이게 맞는 방법입니까? 피해자 유족 간에 갈등만 더 커지는 거 아니에요?"

"뭐 어떻게 하겠어. 폐쇄된 법정에서 재판관 혼자 전환자를 지정해야 할까? 이미 전에 그렇게 하다 난리가 났었잖아. 재판관은 얼마나 부담스러워.”

“그렇기는 하지만⋯⋯.”

두 사람은 건물 밖 정원의 빈 벤치에 나란히 앉아 캔 커피를 홀짝였다. 임호만큼은 아니지만 주승우도 답답하기는 마찬가지였다.

범인인 박철은 체포되었고 이어질 재판에서 전환형이 선고될 확률이 높았다. 문제는 피해자가 두 명이라는 사실이었다.

한 살인 사건에 피해자가 여러 명일 때 전환자 지정 절차가 진행된다. 이를 위해서 법원이 지정한 판사와 피해자를 대변하는 변호인이 일종의 약식 재판을 진행하는 제도였다.

“유족까지 회의에 참여하는 건 애초에 좋은 아이디어 같지 않았는데 역시⋯⋯.”

“유족이 결정 과정에 이의를 제기하는 것보다는 이런 소란을 감당하면서 결정 과정의 정보를 투명하게 공개하는 게 더 낫다는 판단이겠지. 싸워도 이 안에서 싸우라는 거야.”

“그게 옳은 걸까요?”

“옳지 않으면? 전처럼 결정 과정을 공개하지 않았다고 유족들이 이의를 제기하게 하라고? 그건 이미 실패했잖아. 이 제도도 갓 시행된 거니까 차차 미비한 부분이 있으면 보완해 나가겠지.”

전환자 지정 절차는 시행된 지 얼마 되지 않았다. 사실상 이 사건이 첫 번째였다. 이전에는 사건을 담당하는 판사가 전환자를 지정했다. 그런 전환형이 제정된 이후 살인 사건 자체가 큰 폭으로 줄어 피해자 중에 누가 전환될지를 정해야 하는 사건이 거의 발생하지 않았다. 그러다가 한 사건에 의해 기존 방식이 폐기되고 전환자 지정 절차가 시행되게 되었다.

한 숙박 시설에서 성매매 여성을 불러주지 않았다는 이유로 방화를 저지른 50대 남성이 있었다. 그의 범행으로 세 명이 사망하고 피해자 다수가 병원에 입원한다. 불을 붙이는 과정에서 화상을 입고 도망친 범인은 인근 병원에 입원해 있다가 경찰에 의해 금방 체포되었다. 법원이 전환형을 선고할 것은 분명한 상황이었으나 사망한 피해자 가운데 누구를 전환해 부활시킬지에 관해 명확한 기준을 세우기 힘들었다. 정확히는 세울 방법이 없었다. 재산, 나이, 성별, 가족 등 어떤 것도 기준이 될 수 없었다.

사건과 재판을 보도하는 언론도 이를 결정하는 데 방해가 되었다. 유족의 입장을 방송하는 것은 그렇다

치더라도 어느 순간부터 피해자 정보를 세상에 풀어놓았다. 인터넷 여론도 언론을 통해 밝혀진 피해자들의 신상 정보를 바탕으로 누구를 살리는 것이 좋으냐는 식의 논쟁이 들끓었다. 유족 간 갈등도 끊이지 않아 서로를 향한 비방과 고소 고발이 이어졌다. 이는 재판관의 결정을 더욱 어렵게 만들었다. 재판은 끝없이 늘어졌으며 결국 1년을 넘겼다. 현재는 전환을 대비해 장기간 시신을 보관하기 위한 시설이 많이 만들어졌지만, 전환형 제정 초기에는 그런 시설이 부족했다. 늘어난 재판 기간에 따라 시신이 점점 변질되었고 결국 피해자 전원이 전환이 불가능하다는 판단이 나왔다. 범인에게 무기징역이 선고되었으나 누구도 살릴 수 없었으며 불필요한 피해자 유족 간 갈등도 깊어졌다. 이 사건을 담당했던 판사는 나중에 이렇게 술회했다.

"단 한 명 살려야 하는데 누구를 살릴지 그 어떤 것도 기준이 될 수 없었습니다. 그런 와중에 저도 바깥의 여론을 의식했고 그것이 결정을 내리는 일을 더욱 어렵게 만들었습니다. 원칙이 있었다면 따랐을 텐데 없었죠. 모든 인간은 평등합니다. 생명은 존귀한 것입니다. 죽은 피해자를 두고 누가 더 가치 있을 것인가를 고민하는 저를 보고 참 부끄러웠습니다.”

판사는 아무도 살리지 못한 데 책임감을 느꼈는지 사의를 밝혔다.

전환자 지정 절차라는 제도가 만들어진 건 누구를 살릴지를 결정하는 일에 판사가 부담을 느꼈기 때문이었다. 언론에서는 이를 두고 전환자를 결정하는 일에 대한 부담감을 피해자 유족에게 전가했다고 비판했다. 의사가 필요할 때 여러 환자 중 누굴 먼저 살릴지 결정하는 것처럼 법원에서도 기준을 세워야 한다는 주장도 있었다. 그러나 의사에게는 환자의 회생 가능성이라는 절대적인 기준이 있지만 누구를 전환하느냐에는 그러한 기준이 없었다. 주승우는 판사들의 부담을 이해했다.

“누가 무슨 기준으로 누구를 살릴지를 결정하는 건 보통 일이 아니야. 나는 어떤 결정이 나오더라도 공정할 수 없다고 생각해.”

주승우의 말에 임호는 한숨을 내쉬었다.

“공정은 너무 어려운 일인 것 같습니다.”

“사람들이 너무 편하게 사용하는 말이야. 모두가 만족하는 방법은 없는 법이지. 어떤 사람이 제 가족을 살릴 기회를 포기하냐고. 병원 응급실만 가더라도 먼저 온 다른 사람들보다 자기 가족을 치료해달라는 사람이 얼마나 많은데."

휴식 시간이 거의 끝났다. 임호는 다시 회의실에 갈 생각만으로도 힘이 빠지는지 한숨만 내쉬었다. 이런 경험이 별로 없는 임호는 유족 간의 갈등에 유독 더 힘들어했다.

"저, 갑자기 아프다고 하고 선배님 혼자 가면 안 됩니까?"

"장난하니? 선배가 우스워?"

주승우가 쏘아붙이자 임호가 깍듯하게 사과했다.

"죄송합니다, 선배님."

"됐다. 올라가기나 하자."

임호가 몸을 축 늘어뜨리고 법원으로 걸어갔다.

이어진 회의에서는 아까와 같은 소동은 일어나지 않았다. 각 유족의 변호인들이 화를 내는 건 전환자 지정에 그리 유리하지 않다고 충고했기 때문인지도 몰랐다. 비교적 차분한 분위기에서 회의가 이어졌다. 변호인들은 각자 준비한 자료를 읽어 나갔다. 피해자들의 삶의 궤적이 요약되어 있었다. 김성웅은 젊은 시절부터 성실한 노동자이자 가장이었고, 독실한 기독교인으로서 다른 이를 돕기 위해 주말마다 봉사 활동을 나가고는 했다. 변호인은 다니던 교회에서 김성웅을 전환해달라는 탄원서를 보냈다며 이를 자료로 제출했다.

이봄 측 변호인도 비슷한 주장을 했다. 이봄은 성실하고 착한 딸, 어디에서도 사랑받는 아이였다. 살아온 날이 짧았으므로 준비한 자료의 길이도 김성웅 쪽보다 적을 수밖에 없었다. 그러나 부모가 딸을 회고하는 자료에 절절한 울림이 있었다. 주승우는 마치 누가 더 선한지를 겨루는 것 같다고 생각했다. 아연하면서도 비참한 순간이었다.

판사가 각 유족 측의 주장을 정리하고 첫 번째 회의를 마무리한다고 말했다. 오늘 결론을 내리기는 좀 힘들다고 판단한 모양이었다. 두 차례 더 회의를 진행하고 결정할 것이다. 회의 끝에 누구를 전환할지 정해지면 그 결과를 박철의 재판을 진행하는 재판장에게 '권고'하는 형태로 의견을 전달한다. 말이 권고이지 재판장은 그 권고를 무조건 수용할 것이다. 만약 전환자를 지정하지 못한다면 박철의 사건을 판결하는 재판장이 재량으로 전환자를 지정할 것이다.

오후 2시경 시작한 회의는 거의 세 시간 넘게 진

행되었다. 주승우와 임호는 그저 참고인으로 참여했
는데도 진이 다 빠져나갔다. 두 사람은 법원 로비를
터덜터덜 걸었다. 그때 누군가 주승우를 불렀다.

"주승우 요원님."

낮지만 깊은 울림이 있는 목소리였다. 주승우와
임호가 동시에 뒤를 돌아봤다. 여자가 서 있었다. 이
봄 측 유족의 변호인이었다. 정장을 입었는데 드러난
목에 붉은 띠 같은 흉터가 있었다. 전환기관의 요원으
로서 모를 수가 없는 흉터였다. 임호도 목의 흉터를
보고 한눈에 눈치챘을 것이다. 사실 주승우는 처음 보
자마자 누구인지 알아봤지만, 굳이 아는 척하지 않았
다. 좋은 상황에서 만난 것도 아니고 상대방이 자신을
알 리 없었다.

주승우는 그녀와 마주쳤던 처음이자 마지막 순간
을 떠올렸다. 그때 그녀는 전환기관의 현관에 서서 하
늘을 응시하고 있었다. 그녀는 강병찬 사건의 마지막
피해자이자 강병찬과 전환된 인물인 한지혜였다.

'그러고 보니 변호사라고 했었지.'

주승우는 경찰의 사건 조서에 기록된 피해자 인명
기록을 떠올렸다. 동시에 변호사가 왜 강병찬 같은 인
물과 엮였나 생각했던 것도 떠올랐다.

"저를 아십니까?"

"실례했네요. 저를 기억하지 못하는 것도 당연하지요. 잠깐 드릴 말씀이 있는데 시간을 내주실 수 있나요?"

주승우는 정말 영문을 몰라서 되물었다.

"저를요? 전환자 지정 절차에 전환기관 요원이 어떤 도움이 될지 모르겠는데요."

주승우의 반응에 한지혜는 살짝 미소를 지었다.

"전환자 지정 때문이 아니에요. 살짝 비슷할지도 모르겠네요. 아마 요원님 업무와 관련된 일일 거예요."

옮긴 자리에서 한지혜는 주승우와 임호에게 자료를 보여주었다. 인터넷 커뮤니티 사이트의 게시물을 캡처한 것이었다. 주승우는 그 종이를 들여다보고 눈살을 찌푸렸다.

"이번 서남역 사건의 피해자 중 한 명인 A씨는 이전에 자살을 시도했다고?"

"어젯밤에 올라온 게시물이에요. 사이트에서 금방 내려가긴 했지만 그사이에 여러 군데로 퍼져 나갔죠. 인터넷 찌라시를 기사화하는 업체에서 이미 기사화하기도 했고요."

"여기서 말하는 A씨는 한지혜 씨가 변호하는 이봄입니까?"

주승우의 물음에 한지혜는 고개를 끄덕였다.

"맞습니다."

"자살을 시도했다는 이 이야기는 맞는 이야기인가요?"

임호가 물었다.

"네, 맞습니다. 이봄 양은 고등학생 시절 따돌림을 당했고 그 스트레스 때문에 자살을 기도한 적이 있다고 했습니다. 그로 인한 우울증으로 정신과 진료를 받기도 했고요."

"이 게시물의 작성자가 그 정보를 어떻게 알았을까요?"

주승우의 물음에 한지혜가 한숨을 내쉬었다.

"이봄 씨는 생전에 SNS에 그런 이야기를 적고는 했다더군요. 일종의 기록용으로요."

주승우는 자기도 모르게 한숨을 내쉬었다. 요즘은 개인 정보를 아무 생각 없이 SNS에 전시하고는 했다.

"도대체 누가 이런 일을 저질렀을까요? 이봄 씨에게 개인적인 원한을 가진 사람이 있나?"

임호가 중얼거리자 주승우가 씁쓸하게 웃으며 말

했다.

"개인적인 원한이 없더라도 저지를 수 있어. 그냥 심심해서 저지르기도 있고."

"아니, 그런 사람이 세상에 어디에 있습니까?"

임호가 벌컥 소리쳤다.

"인간의 악의에 합리성을 따지면 안 돼. 그렇게 따지면 박철은 왜 살인을 저질렀는데?"

임호가 할 말을 찾지 못했다. 임호는 아직 인간에 대한 순진한 믿음을 지니고 있었다.

"저도 처음에는 단순히 악의를 가진 네티즌이 의도적으로 활동하는 줄 알았어요. 하지만 오늘 회의 도중에 누군가 제보라면서 동영상 하나를 보내주었더군요."

한지혜는 자신이 받은 메시지를 보여주었다. 발신자가 국외로 되어 있었다. 수신된 메시지에는 동영상 플랫폼의 링크 주소와 '제보합니다'라는 메시지가 쓰여 있었다.

"동영상 같은데 확인해보셨습니까?"

한지혜가 고개를 끄덕였다.

"네, 그 영상을 확인하고 이게 심상치 않은 일이라는 걸 확신했습니다."

"저도 볼 수 있을까요?"

한지혜가 바로 동영상을 재생시켰다. 동영상이 촬영된 장소는 한 교회였다. 예배 장면 같았다. 지난번 감염병이 유행했을 때 대면 예배가 금지되면서 몇몇 교회에서 온라인으로 예배를 진행하고 동영상 플랫폼 사이트에 그 영상을 남겨놓기도 했다. 감염병 유행이 잦아들고도 몇몇 교회에서는 여전히 진행하는 것 같았다. 카메라는 연단에 선 남자를 찍고 있었다. 그가 무언가 소리치기 시작했다. 내용을 보아하니 일종의 신앙고백 같았다. 주승우가 이마를 찌푸렸다. 처음에 영문을 몰라 하던 임호도 연단에 선 남자가 누구인지를 눈치채곤 얼굴을 굳혔다.

"그러네요. 심상치 않은 일이군요."

"의도가 무엇인지 뻔하게 느껴지던데요."

한지혜가 조용하게 말했다. 주승우는 쓴웃음을 지었다.

"인간의 음습한 악의는 겪어도 겪어도 익숙해지지 않는군요."

연단에 서 있던 남자는 김성웅이었다. 주승우는 그가 독실한 기독교 신자였다는 걸 기억해냈다. 그게 이렇게 연결될 줄은 미처 생각하지 못했다.

　전환형 제정 당시에 종교계의 여론은 극렬한 반대에 가까웠다. 전환이라는 설명할 수 없는 현상에 대한 본능적인 두려움. 비록 피해자가 부활한다고 하지만 사실상 사형인 제도에 어떤 종교인이 찬성하겠는가. 그러나 늘어나는 흉악 범죄에 질릴 대로 질려버린 대한민국 시민들의 찬성 여론을 뒤집을 수는 없었다. 막상 전환형이 제정되고 정착되자 종교계 내의 여론은 미묘하게 바뀌었다. 전환형이라는 제도에는 여전히 반대했지만 인간을 부활시키는 과학과 인간의 이해를 초월하는 현상을 '기적'의 한 형태로 받아들이는 이들도 있었다. 사람의 목숨으로 사람을 살린다는 지점이 인간 영혼의 존재를 암시한다고 믿기 때문이었다. 이런 믿음의 연장선상에 있는 것이 '전환 포기 선언'이었다.

　"들어본 적은 있습니다. 과학이 증명하지 못하는 전환이라는 현상은 분명히 신과 천국과 지옥의 존재를 증거하는 것이다. 따라서 우리는 굳이 다른 사람의 목숨을 빼앗으며 되살아날 필요가 없다는 그런 주장이었죠."

　동영상에서 김성웅은 전환 포기 선언을 하고 있었

다. 주승우가 말을 덧붙였다.

"전환 포기 선언에 법적 구속력은 없을 텐데요."

"재판장에서 중요하게 고려해볼 만한 요소겠지요. 예를 들어 가해자에게 참작의 여지가 있다든지 하면요."

주승우는 쓴웃음을 지었다. 전환형이 제정된 상황에서 살인까지 하는 인물에게 참작의 여지가 있을 확률은 낮았다.

"전환형 판례를 많이 공부하셨군요."

"제가 겪은 일이니까요."

한지혜의 말에 임호가 사레들린 듯 기침을 했다. 주승우가 티슈를 뽑아 건네주며 말했다.

"굳이 밝히실 필요는 없는 일인데요."

한지혜가 싱긋 웃었다. 그 웃음에 임호가 뜨악한 표정을 지었다. 주승우도 그녀가 평범한 사람은 아니라고 생각했다.

"죄송합니다. 평소에도 변호사로서 전환형에 관심 있었는데 제가 그 피해자가 되니까 더 신경 쓰이더라고요. 여러모로 조사를 더 해봤습니다. 주승우 요원님은 법조계에서도 유명한 분이고요. 경찰 시절에도 높은 검거율로 유명했다고 들었어요."

"그게 저를 찾아온 이유입니까?"

"인터넷에 폭로된 이봄 씨의 자살 이력. 제가 받은 김성웅 씨의 전환 포기 선언 영상. 떨어뜨려서 보면 각각 의도가 다르지만 붙여서 보면 뭔가 음험한 의도가 느껴지지 않나요?"

"피해자 유족 간의 갈등을 유도하는 거군요."

한지혜가 고개를 끄덕였다. 주승우는 조금 전 회의를 떠올렸다. 피해자 유족들과 변호인들의 주장은 자신들의 가족이 훌륭하고 더 가치 있는 존재라는 걸 증명하는 식이었다. 그것만으로도 감정싸움이 벌어졌다. 그런데 이 정보가 유족들의 귀에 들어간다면? 전환자 지정 절차에서 저 사람은 전환될 자격이 없다는 식의 주장을 펼친다면 이어질 회의에 남은 건 파국뿐이었다. 그렇게까지 하지 않을 거라고 믿는 건 너무 순진한 생각이었다. 가족을 살리기 위해 사람은 얼마든지 이기적일 수 있었다. 갈등은 더욱 깊어질 테고 법원이 여러 비판에도 불구하고 만들어낸 제도는 처절한 실패 끝에 침몰하고 만다. 그 과정에서 유족들의 상처는 골을 더해만 갈 것이다.

"경찰에 수사를 의뢰하는 건 어떤가요?"

한지혜는 고개를 저었다.

"범죄 혐의점도 아직 찾을 수 없어요. 전환자 지정

절차가 진행되는데 경찰의 수사는 더 늦게 진행될 거고요. 그 과정에서 피해자 유족 간의 갈등은 적정 수위를 넘어서 파국에 치달을 거예요. 그래서 요원님께 요청하는 겁니다. 전환기관은 전환에 관한 모든 일에 손을 뻗치고 있고 이번 전환자 지정 절차도 마찬가지지요. 누군가 그 절차를 훼방 놓으려고 한다면 그걸 막는 게 요원님의 일 아닌가요?"

"아직 확실한 것은 없습니다. 의도를 가진 누군가가 있는지도 확실하지 않고요."

"그래서 조사 안 하실 건가요?"

한지혜의 물음에 주승우는 한숨을 내쉬었다. '이 사람은 말 한마디도 지지 않는 사람이로군' 하고 생각할 따름이었다.

그 주 일요일. 주승우는 불편한 교회 의자에 앉아 목사의 설교를 듣고 있었다. 성경에서 말하는 부활의 의미를 되새기자는 의미로 그에 어울리는 성경 구절을 낭독해 나갔다. 엄숙한 분위기의 설교는 마지막에 이 교회에 다니던 김성웅의 죽음을 추모했다.

"〈시편〉 73편 26절에 '나는 죽어서 나의 육체가 멸할지라도 나의 하느님은 나의 마음과 내 기업의 바위시니라'라고 하였습니다. 비록 김성웅 형제는 비극적으로 돌아가셨으나 그의 영혼은 하느님의 곁에서 영원히 존재할 것입니다."

목사의 말에 신도들이 눈물을 글썽거리며 "아멘" 하고 말했다. 주승우는 변호인이 김성웅을 두고 독실한 기독교인이자 선한 이웃이라고 말했던 것이 기억났다. 교회 내에서 그의 평판이 나쁘지 않았던 듯했다.

예배가 끝난 후 신도들이 자리에서 일어나 우르르 교회를 빠져나갔다. 주승우는 자리에 그대로 남아 그들을 지켜봤다. 몇몇이 처음 보는 주승우에게 말을 건넸다. 주승우는 그들을 향해 웃어 보이며 목사와 약속이 있다고 말했다. 잠시 후 목사가 주승우에게 다가와 안에 들어가서 이야기하자고 했다.

안쪽의 사무실에서 마주한 목사는 예상보다 온후하고 깔끔한 태도를 보였다. 사전에 조사한 바로는 전환에 대한 주장 때문에 기존 기독교계에서 이단이라는 비난까지 들었다기에 독선적인 면이 있으리라 생각했었다.

"오신다고는 했는데 설마 예배까지 참석하실 줄은 몰랐습니다."

"주말이니까요. 시간이 좀 남아서요."

주승우가 목사가 준비해준 차를 홀짝이며 말했다. 미소를 짓고는 있었지만 목사도 어딘지 모르게 경직된 느낌이었다. 일반인 사이에서 전환기관은 일종의 비밀 기관으로 여겨졌고 그에 대한 음모론도 많았다. 이 음모론을 소재로 써먹는 유튜버까지 있었다. 그에 대한 반대 급부로 전환기관은 일반인 사이에서 무형의 권위를 가지게 되었다. 그런 곳에서 연락이 왔으니 목사가 긴장할 만도 했다.

"전환기관에서 오신다고 해서 깜짝 놀랐습니다. 김성웅 형제분 때문에 연락 주신 거지요?"

"그렇습니다. 그렇게 신경 쓰실 일은 아닙니다. 그분과 관련해서 몇 가지 확인할 정보가 있어서요."

"제가 할 수 있는 한에서는 모두 대답해드리겠습니다."

목사의 태도는 시원스러웠다. 그 태도에 주승우는 이 사람이 아닌가 하는 생각을 잠깐 했다가 지웠다. 이제 확인해보면 될 일이었다.

"아까 김성웅 씨에 대해 하신 추모의 말씀을 들었습니다. 사실 전환 절차 심사가 진행 중인데 김성웅 씨의 죽음을 추모하는 건 좀 이르지 않나요?"

"아, 그렇게 생각하실 수도 있겠군요. 저도 사건이

일어나고는 그분에 대해 따로 추모의 말을 드리지는 않았습니다. 하지만 신도분들이 뭐라도 추모의 말을 드려야 하지 않느냐고 해서요. 장례식도 열리지 못했으니까요. 그분이 전환되어 돌아온다고 하더라도 중병에 걸린 친구를 걱정하듯이 위로의 메시지를 전하는 건 어떨까 하더군요."

위로의 메시지라. 주승우는 고개를 갸웃거렸다.

"아까 목사님께서 하신 말씀은 김성웅 씨가 죽었다고 가정하는 것 같았는데요."

목사는 눈에 띄게 당황했다. 거짓말을 잘 못하는 사람인 듯싶었다.

"목사님은 '비록 김성웅 형제는 비극적으로 돌아가셨으나 그의 영혼은 하느님의 곁에서 영원히 존재할 것입니다'라고 말씀하셨죠. 그 말은 그가 전환되어서 되돌아오는 게 아니라 영원히 죽었다는 의미 같은데요? 그 말씀을 듣고 저는 신념대로 말씀하시는구나 했습니다."

목사는 손으로 머리를 자꾸 만지작거렸다. 당황할 때마다 나오는 버릇 같았다.

"혹시…… 김성웅 형제님 아내분에게 어떤 이야기를 들으신 겁니까?"

주승우는 멈칫했다. 그 반응에 목사도 아차 싶었던 듯하다.

"거참…… 그러니까……."

"김성웅 씨 가족 측에서 김성웅 씨가 전환 포기 선언을 한 사실을 숨겨달라고 요청했군요. 적어도 전환자 지정 절차가 끝날 때까지만은요."

목사가 마지못해 인정했다.

"네……."

"그 부분은 선선히 동의하셨군요."

"제 개인적인 신념으로야 어떻든 중요한 건 유가족분들의 의견이니까요."

주승우는 유가족이라는 말에 주목했다. 목사는 무의식적으로 유가족의 부탁이 김성웅의 뜻이 아니라고 말하는 듯했다. 속이 빤히 들여다보이는 사람이었다. 주승우는 한지혜에게 동영상을 보낸 이가 열렬한 종교적 신념을 가진 건 아닐까 추측했다. 그 추측의 제1용의자가 이 목사였다. 하지만 반응을 보니 이 사람은 아니라는 생각만 들었다.

"그렇다면 이 사실을 아는 분들이 계십니까?"

목사는 잠시 생각하더니 말했다.

"기본적으로 웬만한 신도분들은 알고 계십니다.

공개된 행사로 진행했으니까요."

그렇다면 신도 가운데 종교적 열정이 강한 사람이 한지혜에게 동영상을 보냈는지도 모른다. 용의자가 갑자기 몇 배로 늘어났다.

"김성웅 씨 가족분들하고도 잘 알고 지내는 사이겠군요."

"그렇죠. 부인분하고 그 아들 시우는 어릴 때부터 이 교회를 다녔죠."

"지금도 다니나요?"

목사는 씁쓸하게 웃었다.

"아닙니다. 김성웅 형제분이 그렇게 돌아가시고 전환된다는 소식이 들리자 신도분들 중에 하지 말아야 할 말을 기어코 하는 분들이 있었습니다. 그 말이 시우하고 부인의 귀에 들어갔어요."

"고인의 신념을 존중해서 전환을 포기해야 하지 않느냐. 또 다른 피해자인 이봄 씨가 젊은 나이인데 하루라도 더 살아본 사람이 양보하는 게 좋지 않으냐고 말이죠."

"아무래도 변호사 말이 맞는 거 같아."

주승우가 자동차의 조수석에 올라타면서 말했다.

"한지혜 씨 말씀하시는 거죠?"

임호의 물음에 주승우는 고개를 끄덕였다. 이봄의 개인 정보를 유출할 만한 사람을 만나고 오는 길이었다. 고등학생 시절 이봄에게 학교 폭력을 행한 가해자 가운데 한 사람이었다. 전환기관에서 왔다는 말에 그녀도 목사처럼 크게 위축된 모습으로 그를 맞이했다. 주승우는 그 패거리 중 한 사람이 생전 이봄에게 가지고 있던 악의에서 이봄의 자살 시도 사실을 인터넷에 유포한 건 아닐까 추측했다.

"그 사람은 아닌 거 같아."

"어째서요?"

"이봄의 죽음에 큰 충격을 받았던 모양이더라고."

"학교 폭력 가해자가요?"

임호가 고개를 갸웃거렸다. 그 모습에 주승우는 한숨을 내쉬었다.

"사람을 가해자와 피해자로만 판단하지 말라고. 고등학생 시절에 학교 폭력 가해자라고 평생 그 피해자를 싫어하고 증오할까. 사람은 맥락이나 환경에 따라서 악인이 되기도 해. 속 시원한 결말은 아니지만 이봄을 괴롭히던 측에서도 처벌 비슷한 걸 받기는 했더군. 무엇보다도 우리가 지금 하는 일은 그 학교 폭력 가해자를 심판하는 게 아니라 전환 심사 절차를 훼방 놓으려는 사람이 있는지 확인하는 거야."

쏟아지는 주승우의 말에 임호는 귀를 막고 싶다는 표정을 지었다. 임호가 재빨리 화제를 돌렸다.

"그래서 결국은 두 피해자와 관계없는 제삼자가 범인이라는 건가요?"

"그런 것 같아. 김성웅 쪽 정보를 유출한 건 교회의 목사나 신도가 종교적 열성을 가지고 저질렀을 수도 있다고 생각했어. 이봄 쪽에서 유출한다면 그건 개인적 원한이겠지. 다만 이제 갓 대학을 졸업한 여성이 얼마나 큰 원한을 샀을까 싶기도 하더군. 그래서 학교 폭력 가해자를 찾아봤지. 이런 유의 사람은 자신이 악인이라는 걸 인정하기 싫어해서 끝까지 피해자를 악인화하며 스스로를 합리화하고 공격하기 마련이거든."

"그런데 둘 다 아니었군요."

"전환자 지정 절차의 한쪽 피해자를 대리하는 사람이 의문을 제기한 거라 좀 보수적으로 접근했는데 인정할 수밖에 없겠어. 이건 제삼자가 저지른 일이야. 원한이나 그런 게 아니라. 그저 순수하게 피해자 유족들이 불행하길 바라기 때문이겠지."

임호가 징그러운 걸 봤다는 듯이 얼굴을 찡그렸

다. 주승우는 임호의 다양한 표정이 참 신기하게 느껴졌다.

"그 의도가 맞아떨어졌네요."

오늘따라 유독 많이 들은 한숨 소리가 이어졌다.

"그렇지."

주승우는 갈등의 균열로 가득했던 전환자 지정 절차 2차 회의에 대해 생각했다.

전날 진행된 2차 회의에는 희생자 유족들이 참여하지 않기로 했다. 판사와 유족들의 변호인, 그리고 회의를 참관하는 주승우와 임호가 자리했다. 피해자 유족이 참석하지 않아 분위기는 더욱 차분했다. 처음에는 그렇게 생각했었다.

변호인들이 각자의 이유로 전환의 당위성을 설명했을 때 김성웅 측 변호인이 이봄의 자살 시도를 언급했다.

"판사님, 전환이란 한 사람의 목숨을 희생해 한 사람의 목숨을 살리는 귀중한 기회입니다. 저는 그러한 기회를 낭비해선 안 된다고 생각합니다."

변호사의 말에 판사가 되물었다.

"그게 무슨 소리입니까?"

"저는 다시 주어진 생명을 낭비할 사람에게 전환

의 기회가 돌아가면 안 된다고 생각합니다.”

“판사님, 이의 있습니다. 지금 변호인은 이 회의의 목적과 본질과는 전혀 상관없는 이야기를 하고 있습니다.”

한지혜가 손을 들며 소리쳤다.

“피해자 이봄 씨는 이전에 자살 시도를 했던 인물로 주기적으로 정신과에서 진료를…….”

“그만! 그만!”

판사가 소리쳤다. 소란스럽던 장내가 조용해졌다. 판사는 손으로 이마를 짚었다. 곧 정신을 가다듬은 판사가 김성웅 측 변호인에게 말했다.

“변호인, 지금 우리가 여기에 모여서 회의를 하는 이유가 뭐라고 생각합니까?”

“두 피해자 가운데 전환자를 지정하기 위해서입니다.”

“한 가지가 더 있습니다. 전환자를 지정하는 의사결정 과정의 정보를 피해자 유족에게 성실하게 제공함으로써 불필요한 갈등을 줄이는 것이 목적입니다.”

“네, 그렇게 알고 있습니다.”

김성웅 측 변호인이 꿋꿋하게 말했다.

“그럼에도 저는 이 사실이 전환자를 지정하는 데

반드시 참고해야 할 정보라고 생각합니다."

이제 판사마저 화를 내려는 것 같았다. 변호인을 쳐다보며 입술을 파르르 떨었다. 주승우는 그가 변호인을 질책하려나 싶었으나 다른 말을 물었다.

"변호인, 진술을 하기 전에 유족과 상의했습니까? 유족들도 그런 진술에 동의했습니까?"

변호인은 선선히 고개를 끄덕였다.

"네, 동의하셨습니다."

주승우는 한숨을 내쉬었고, 임호는 어쩔 줄을 몰라 했다. 판사는 피곤한 눈으로 한지혜를 쳐다보고 말했다.

"이봄 측 변호인 추가적인 진술이 있습니까?"

한지혜는 무언가를 고민하는 듯 입술을 들썩거렸다. 주승우는 한지혜가 무슨 말을 할지 지켜보았다. 그녀는 김성웅이 교회에서 전환 포기 선언을 한 것을 알고 있었다. 그 사실을 무기처럼 휘두를 수도 있다. 한지혜는 주승우를 슬쩍 쳐다보고는 말했다.

"아니요. 없습니다."

"그 변호사 미친 거 아닙니까? 아니, 거기서 어떻게 그런 말을 할 수 있어요?"

자동차를 운전하며 임호가 씨근거렸다.

"변호사는 의뢰인의 이익을 위해 노력하는 게 첫 번째 임무야. 그 과정에서 도의 같은 건 집어던질 때도 있는 법이지."

"그래도 너무 잔인하지 않습니까."

"잔인하지. 그래도 김성웅 쪽에서는 주장할 만하다고 생각해. 인터넷에 이봄 씨의 개인 정보가 싹 퍼졌었고. 판사가 그걸 알아서 참고하리라고 생각하는 건 말이 안 되는 일이지. 자기 이익은 자기가 챙겨야 하는 법이야. 유족들도 그에 동의했겠지, 아니면 자기들이 적극적으로 주장했던가. 일단 자기 가족은 살려야지."

"한지혜 변호사는 왜 가만히 있었을까요?"

"우리가 범인을 잡길 기다리는 게 아닐까. 여전히 이용당하는 기분이지만 그래도 절차가 안 좋은 쪽으로 흘러가니 찾기는 찾아야지."

"아무리 찾아도 오리무중이지 않습니까."

"경찰을 찾아가는 수밖에 없겠는데. "

"경찰이요? 지금 박철 쪽을 파보시려는 겁니까?"

"응. 뭔가 그쪽을 파보면 나오지 않을까? 그쪽에선 쓸 수단이 있으니까."

"경찰에서 요청이 없는데 우리가 가도 순순히 도와줄까요? 잘못하면 전환기관이 경찰 수사에 관여한다는 소리나 들을 텐데요."

"쯧쯧. 임호야, 내가 경찰서 갈 때마다 커피니 박카스니 챙긴 게 다 이럴 때 쓰려고 그런 거야. 대한민국에서 인맥만큼 확실한 게 또 없거든."

"아……."

임호가 영혼 없는 목소리로 말했다.

강남경찰서에서 근무하는 윤준헌 형사는 주승우가 경찰에서 일하던 시절부터 알고 지내는 사이였다. 전환기관으로 옮기고 주승우가 수사를 도와준 적이 있었기에 윤준헌은 주승우의 요청을 순순히 들어주었다.

"그런데 박철 건을 왜 또 파시는 겁니까? 무슨 의문점이라도 있습니까?"

윤준헌의 의문은 타당했다. 박철 사건은 전형적인 무차별 범죄였다. 수사의 난이도로 따지면 절도죄보다 더 쉬웠다. 의문이랄 게 남기 어려웠다. 주승우는 짧게 전환자 지정 절차 과정에서 피해자 유족의 갈등을 유도하는 사람이 있다고 말해주었다. 경찰에 굳이 숨길 내용도 아니었고 이 이야기를 듣고 수사에 나선다면 더 좋을 일이었다. 윤준헌이 혀를 찼다.

"요즘은 그런 인간이 널리고 널렸군요. 연예인한테 그러는 거야 이젠 그러려니 하는데. 사건 피해자한테는……."

"확실한 건 아닙니다. 그래서 제가 왔지요."

"여전하시군요."

그렇게 말하고 과묵한 형사가 입가를 살짝 실룩이며 웃었다.

윤준헌과 주승우, 임호는 강남경찰서의 증거 보관실에서 박철과 관련한 증거를 열람했다. 주로 찾은 건 박철의 디지털 기록이었다.

요즘 SNS 활동이나 인터넷 기록은 심리적 지문 같은 것이었다. 그런 점에서 박철의 활동은 너무나도 단조롭고 황량했다. 거의 황무지라고 할 만했다. 고등학교 졸업 이후 변변한 직장도 없이 일용직을 전전하다 그마저 그만두고 부모에게 빌붙어 기생했다.

오랫동안 사회적으로 고립되어 실제 현실 세계에서 박철과 인간적인 관계를 맺는 사람은 없었다. 그나마 부모도 박철을 제대로 양육한 것 같지는 않았다. 가정 환경은 불우했고 성장기의 박철을 돌본 건 조부모였다. 박철이 성인이 되기 전에 조부모마저 세상을 떠나면서 그에게 인간적인 관심을 준 사람은 없었다.

박철이 현실 세계에서 고립된 것과 반대로 온라인 공간에서는 같은 사람이라는 게 믿을 수 없을 정도였다. 그는 살인 예고 글을 올린 커뮤니티 사이트에 깊게 몰입한 상태였다. 일명 '고닉'이라고 불리는 터줏대감 가운데 하나로 하루 대부분의 시간을 이 사이트에 게시글을 올리거나 댓글을 다는 데 사용했다. 만약 몇몇 회원들과 지속적으로 연락하고 범행에 관해 이야기했다면 그중 하나가 박철과 자신을 동일시했을 가능성이 있었다. 다만 그런 인간이 너무 많았다.

"으아, 박철 같은 인간이 너무 많은 거 아닌가요?"

증거 자료를 같이 살펴보던 임호가 앓는 소리를 냈다.

"그중 절대다수는 실제 범행까지 이어지지 않습니다. 전환형이 제정된 이후로는 더더욱 그렇다고 생각했습니다. 이번 범행 이전까지는요."

윤준헌이 씁쓸해하며 첨언했다.

박철이 작성한 게시글과 댓글은 반사회적 성향을 가진 인간의 교과서라고 할 만했다. 자신보다 돈이 많거나 외모가 뛰어난 이들에 대한 질투, 증오, 이 세상에 대한 분노. 이는 자연스럽게 사회적 약자들을 향한 혐오로 이어졌다. 박철은 모든 것을 혐오했다. 여성을 혐오했으며 어린이를, 노인을, 외국인을 혐오했다. 자신보다 나은 사람을, 자신보다 못하고 만만한 사람을 증오했다. 자신은 불행한데 그런 이들이 행복해하는 것을 증오했다. 그리고 그런 혐오와 증오에 동조하는 사람은 놀랍도록 많았다.

주승우는 글들을 보다가 눈에 띄는 문구들을 발견했다. 박철의 게시글에 작성한 댓글이었다.

'솔직히 이 나라는 우리를 버렸다.'

'돈 많은 집안에서 태어나지 않으면 연애도 취직도 제대로 하지 못하는 세상이다. 열심히 일해봤자 집 하나 구하지 못하고 여자들은 우리를 퐁퐁남 취급한다.'

'전환도 그렇다. 살인자에 동조하는 건 아니지만 결과적으로 보면 남자를 전환해서 여자들이 살아난다. 살인자라도 인간은 인간이다. 전환은 결국 사형이다. 전환을 다르게 쓸 방법이 있는데도 사형이라는 형태로만 사용하는 건 음모다. 우리 같은 사람은 쓸모없다는 냉정한 계산이.'

'그 계산대로 살고 싶으면 그대로 살다가 자살하든지 해라. 아니면 본때를 보여줘라. 입 닥치고 조용

히 살라는 놈들한데 본때를 보여줘라.'

이놈이라는 감이 왔다. 주승우는 윤준헌에게 물었다.

"형사님, 이 글 작성한 놈, 신원을 알 수 있을까요?"

박철이 범행을 일으키고 그와 수상한 대화를 나눈 이들에 대한 조사는 진즉에 이루어졌다. 잔뜩 움츠러든 채 경찰에 소환된 그들은 집요한 추궁을 받았다. 하지만 대부분은 그저 놀이처럼 혐오의 말을 주고받을 뿐이었고 직접적으로 범행과 관련된 이는 없었다. 조사를 받은 모든 이가 당일에 귀가했다. 당시 이들을 조사한 형사는 '별도의 혐의점 없음'이라는 결론을 내렸다. 이현은 그런 이들 가운데 하나다. 이현. 남성, 29세, 서울 소재의 모 대학원에서 석사 과정 중.

주승우과 임호는 이현이 다니는 대학원 학과 사무실에 문의하고 그를 만날 수 있었다. 이현은 전환기관의 요원들이 찾아오자 크게 당황한 듯했다. 주승우와 마주 섰을 때 그는 긴장해서 식은땀을 흘렸다.

"그…… 저…… 저를…… 찾으셨다고……."

주승우는 슬쩍 임호를 바라봤다. 입을 꾹 다물었지만 내려놓은 주먹이 부르르 떨리는 게 보였다. 이현의 귀싸대기를 후려치고 싶은 걸 필사적으로 참고 있었다. 주승우는 픽 웃고 말았다. 긴장한 이현은 주승우가 어떤 표정인지 보지 못한 듯했다.

"여기서 할 말은 아니군요. 죄송하지만 시간을 내주실 수 있을까요?"

주승우는 위압감을 느끼지 않도록 최대한 정중하게 물었다. 이현은 주변을 살펴보다가 고개를 끄덕였다. 지나가는 학생들이 주승우와 임호를 흘긋거리며 쳐다보았다.

이현은 주승우와 임호를 카페로 데려갔다. 손님이 없는 오후 시간대여서 카페는 조용했다. 자리에 앉자마자 주승우가 말했다.

"생각보다 행동이 빠르시더군요. 설마 김성웅 씨가 전환 포기 선언을 했다는 정보를 어젯밤에 벌써 인터넷에 퍼뜨릴 줄은 몰랐습니다. 그거 때문에 뒤통수를 한 대 맞은 기분이더군요. 이봄 측 변호사한테서 아무 반응이 없어 그런 겁니까?"

이현은 따로 긍정도 부정도 하지 않은 채 몸을 움츠리기만 했다. 전환기관의 요원이 찾아온 순간에 모든 게 들통났다는 걸 깨달았기 때문일 것이다. 주승우는 한숨을 내쉬었다. 대단한 기대를 한 건 아니지만 이렇게 괴롭힐 맛도 안 나는 쫄보일 줄은 몰랐다.

"경찰이 아닌데…… 이렇게 찾아오시는 게 맞나요?"

그 물음에 주승우는 고개를 끄덕였다.

"물론 경찰이 곧 찾아올 겁니다. 어떤 죄명으로 소환을 할까…… 아마 공무 집행 방해나 명예 훼손이지 싶네요. 짐작하신 대로 대단한 죄는 아닐 겁니다."

"그럼 이거 불법…… 아닙니까?"

"불법이라…… 글쎄요. 만약 당신이 응하지 않았는데 우리가 강제로 데려왔다면 불법이겠지요. 우리가 만나자고 한 요청에 순순히 응하지 않았나요? 이건 개인적인 만남일 뿐입니다."

"그럼 왜……?"

"그냥 궁금했다고 해두지요. 도대체 어떤 인간이기에 살해당한 사람의 가족을 괴롭힐 생각을 했을까. 아니, 박철 같은 인간에게 동조했을까 싶어서요. 익숙해졌다고 생각해도 당신 같은 유형의 사람은 봐도 봐도 놀랍더라고요. 그런데 생각보다 멀끔하게 생겼고, 학벌도 나쁘지 않고, 심지어 여자 친구도 있다면서요? 의외입니다. 박철이 사건을 일으킨 날 서남역에 간 건 여자 친구와 데이트라도 있었기 때문입니까? 그게 아니면 박철이 정말 사건을 일으킬지 궁금했던 겁니까? 박철은 자신의 행적을 계속 게시판에 올렸으니 그 현장에 가는 건 일도 아니었겠지요."

이현의 얼굴이 새하얗게 질렸다. 주승우는 새하얀 얼굴을 노려보며 사건 당일 CCTV에 찍힌 이현의 얼굴을 떠올렸다.

"요즘은 방범 CCTV뿐 아니라 가게마다 CCTV를 달기도 하지요. 방범용이나 클레임이 생겼을 때 증거를 얻기 위해서라는데 경찰이야 수사에 도움이 되어서 좋아하지요. 물론 가끔 사건 영상이 유튜브 같은 데에 속수무책으로 퍼지는 건 문제지만요."

주승우는 이현이라는 인물을 특정해내고 나서 그가 어떻게 김성웅과 이봄의 신원을 알아냈는지 궁금했다. 혹시 이현이 김성웅과 이봄을 알고 있었던 건 아닐까. 그 둘이나 둘 중 하나에게 원한이 있고 박철이 살인 예고를 올린 시간에 맞춰서 피해자 중 하나를 그 자리에 서게 한 건 아니었을까? 그러나 둘 다 아니었다. 이현은 정말 두 피해자와 아무런 접점이 없었다.

전환형이 제정된 후 언론은 적어도 전환자의 개인 정보는 철저하게 함구해주었다. 전환자에 대한 사회적 편견을 우려한 전환기관의 노력 덕분이었다. 통상적으로 사건과 관계없는 일반인이 피해자나 전환자의 신원을 알아내는 건 불가능에 가까웠다. 그런데 이현은 SNS상에 게재된 정보뿐이기는 해도 피해자들의 약점과도 같은 정보를 얻는 데 성공했다. 그것이 주승우가 한지혜의 추측에도 불구하고 피해자들의 주변부터 조사를 시작한 이유였다. 완벽한 제삼자인 이현이 통상적으로 피해자들의 신원을 알아낼 방법은 없었다.

그런데 이현은 두 피해자에 대해 알고 있었다. 주승우를 마지막까지 고민하게 한 수수께끼였다. 그 해답은 엉뚱한 곳에서 발견되었다.

"박철이 제압되고 두 피해자에게 달려간 사람들이 있었습니다. 구급 조치를 하기 위해서였는데 그 와중에 이상한 행동을 하는 사람이 있더군요. 워낙 급한 상황이라 사람들이 인지하지는 못했지만 CCTV 영상으로 확인하는 제게는 확연히 이상하게 보였지요. 아니, 죽어가는 사람을 두고 지갑을 들여다보는 사람이 있다니요."

"그건 가족한테 연락해야 해서…… 할 수도 있잖아요……."

이현이 소심하게 반박했다.

"그런 건 구급대원이나 경찰이 할 일입니다. 뭐, 좋

습니다. 그럴 수도 있겠다 하지요. 그런 행동이 한 번도 아니고 두 번인 건 이상하지 않습니까? 다른 사람들이 정신없는 와중에 이봄 씨의 가방을, 거기에서 지갑의 신분증까지 확인하는 건 말이 되는 행동입니까? 거기에 비상 연락처라도 쓰여 있어요? 차라리 훔쳐 가지 그랬습니까? 아, 그럼 경찰이 절도범을 찾으려고 했을 수도 있겠군요. 참 하찮게 치밀하시더군요."

"물건을 챙겨주려고…… 그랬을 수도 있잖습니까?"

이현의 항변은 더욱 궁색해졌다. 주승우는 고개를 설레설레 저었다.

"이러지 마십시오. 그래봐야 추해지기만 할 뿐입니다. 김성웅 씨는 지갑에 교회와 관련된 명함이 몇 장 들어 있었고, 이봄 씨는 SNS 아이디를 영문 이름에 출생 연도를 붙이는 식으로 설정했더군요. 두 사람이 누구인지는 그저 집요하기만 하면 알 수 있었겠지요. 그 둘이 전환자로 지정되는 과정에서 갈등을 유발할 만한 요소를 발견하고 나서는 쾌재를 불렀을 테고요."

그때 카페 바깥에 주승우의 연락을 받은 윤준헌과 다른 형사 한 명이 성큼성큼 걸어오는 게 보였다. 입구를 등지고 앉은 이현은 그 모습을 볼 수 없었다.

“왜 그랬냐 그런 건 물어보지 않겠습니다. 뭐 대충 박철 같은 이유겠지요.”

딸랑거리는 소리와 함께 카페의 문이 열렸다. 두 형사가 이현의 뒤에 섰다. 이현은 그제야 뒤에 누군가 서 있다는 걸 깨달았다.

“나머지는 경찰서에서 진술하시지요. 뭐, 방금 느끼셨겠지만 이번에는 빠져나갈 구멍은 없을 겁니다.”

윤준헌이 이현에게 미란다 원칙을 설명했다. 주승우와 임호가 자리에서 일어났다. 한참 떠들었더니 목이 말랐다. 카운터로 가니 카페 주인이 눈을 동그랗게 뜨고 이현과 형사들을 쳐다보고 있었다. 주승우는 그런 주인에게 카드를 내밀며 말했다.

“아메리카노 차가운 것으로 한 잔 주세요. 아, 너도 마실래?”

“저는 됐습니다.”

“그냥 마셔, 법카로 계산할 거야.”

“그럼 캐러멜 마키아토로 뜨거운 거요.”

“그렇게 주시죠.”

카페 주인은 눈을 깜빡이더니 그제야 정신을 차린 듯 주승우가 내민 카드를 받아 들었다.

전환자 지정 절차의 3차 회의가 시작되기 전에 주승우는 한지혜를 찾아가 이현을 체포한 과정을 설명하고 사과했다.

"제가 처음부터 변호사님 추측을 믿었다면 이현을 바로 잡았을 겁니다. 괜히 쓸데없는 데에 시간을 낭비해서 김성웅 씨에 대한 정보가 유출되었습니다. 죄송합니다."

한지혜는 선선히 고개를 저었다.

"요원님이 죄송할 일이 뭐 있겠어요. 마지막 회의가 있기 전에 사건의 진상이 밝혀져서 다행입니다."

이현을 체포한 경찰은 빠르게 사건의 인과관계를 증명한 이후에 기자회견을 열었고 그의 범행을 세상에 폭로했다. 언론은 빠르게 이 소식을 퍼뜨렸다. 피해자 김성웅과 이봄의 전환자 지정 절차는 이미 많은 사람의 관심을 받고 있었다. 이현은 앞서 이봄의 신원과 자살 기도를 폭로했고 이어서 김성웅의 신원도 폭로한 상황이었다. 언론이 이를 함구하더라도 신원이 노출되는 것은 막을 수 있었다. 전환자의 구체적인 신원이 알려지기는 이번이 처음이었다. 그 덕분에 두 피해자는 부적절한 관심의 대상이 되었다.

누구를 살릴지에 대한 의미 없는 논쟁이 끝없이

벌어졌다. 처음에 여론은 나이가 많은 김성웅보다는 더 젊은 이봄 쪽이 전환되기를 바랐다. 인간은 일반적으로 나이 든 이보다 젊은 사람의 가치를 더 높이 평가하는 법이니까. 하지만 이봄이 과거에 자살을 시도했다는 사실이 폭로되자 여론은 이봄에게 불리하게 바뀌었다. 김성웅의 전환 포기 선언이 폭로되고 나서는 말할 것도 없었다. 이현이 세상에 퍼뜨린 정보는 잔잔한 호수에 파랑을 일으킨 것처럼 격렬한 소란을 일으켰다. 이현의 체포 소식은 그 소란을 가라앉히는 데 도움이 되었다. 이번만큼은 주승우도 무절제한 언론의 보도 경쟁을 용인했다.

모두가 말을 얹는 것을 자제하는 분위기가 형성되자 전환자를 지정해야 하는 법원 측은 안도의 한숨을 내쉬는 것 같았다.

전환자 지정 절차의 마지막 회의였기에 이번 3차 회의에는 피해자 유족도 참여했다. 유족들은 지치고 피곤한 기색이 역력했다. 그들은 이현이 아니더라도 힘들었을 것이다. 모두가 이번 전환자 지정과 관련해서 쓸데없는 말을 하는 상황이었다.

각 유족 측의 변호인이 최후진술을 하듯 피해자가 전환되어야 할 당위성을 설명했다. 주승우는 김성웅 측 변호인이 이번에도 막 나가면 어쩌나 싶었는데 다행히 차분하게 설명을 이었다. 한지혜도 이봄의 전환자 지정 당위성을 설명했다. 마침내 모든 진술을 들은 판사가 말했다.

"각 유족 측 혹시 추가적인 진술이 더 있을까요?"

판사의 말은 양쪽을 향했지만 사실상 이봄 측을 향한 것이었다. 김성웅의 전환 포기 선언에 대해 진술하지 않겠느냐는 은근한 물음이었다. 회의에 참여한 이봄의 아버지가 머뭇거렸다. 그는 옆에 앉은 한지혜를 쳐다봤다. 한지혜가 살짝 고개를 끄덕이자 그는 결심한 듯 손을 들었다. 마이크가 앞에 놓이고 이봄의 아버지가 더듬더듬 입을 떼었다. 이현이 김성웅의 전환 포기 선언을 인터넷에 유포한 것부터 시작했다.

"솔직히 그 사실을 알았을 때 저는 우리가 이겼다고 생각했습니다. 이걸 잡고 물고 늘어지면 우리 봄이가 돌아오겠구나 했습니다. 저쪽에서는 봄이가 아팠던 시절의 일을 들먹이기까지 했는데 우리는 왜 하면 안 되나 싶었습니다."

그 말에 김성웅 측 변호인이 헛기침을 했다.

"그 생각을 하고 화들짝 놀랐습니다. 내가 이런 생각을 왜 하느냐. 사실 나하고 저쪽 가족은 싸울 이유가 없는데 왜 우리가 이렇게 싸우면서 괴로워하느냐고요. 이게 우리 봄이를 죽인 범인이랑 정보를 유포한 사람이 의도한 거겠지요. 피해자 유족이 싸우면서 서로 다투게 하는 거요. 그 의도에 놀아나기 싫었습니다.”

이봄의 아버지가 하는 진술은 미리 정리하고 나온 게 아니었는지 두서없고 같은 말을 반복하기도 했다. 그럼에도 딸을 잃은 아버지의 말에는 절절한 진심이 섞여 있었다.

“저의 이 말이 우리 봄이의 전환을 포기하고 싶다거나 그런 말은 아닙니다. 다만 범인이 의도적으로 퍼뜨린 정보를 저희가 잡고 늘어지지 않고 싶다는 것입니다. 김성웅 씨에 대해서도 들어보니 더욱 그런 주장을 할 수 없겠더군요. 너무나도 훌륭한 분이었습니다. 제 딸의 목숨이 아니라 제 목숨이 대가라면 양보라도 하고 싶은 사람이었습니다. 아버님이 그렇게 돌아가신 건 참 유감입니다. 이 말을 진즉에 했어야 했는데……..”

마지막 말에 김성웅의 아들은 조용히 고개를 숙였다.

이봄의 아버지가 발언을 끝냈다. 판사는 감동한 듯 잠시 말을 잇지 못했다. 장내에 숙연한 분위기가 내려앉았다. 마침내 정신을 차린 판사가 이제 회의를 끝내겠다고 선언했을 때 김성웅의 아들이 떨리는 목소리로 말했다.

"판사님…… 죄송합니다만…… 잠시 시간을 주실 수 있을까요?"

"무엇 때문에 그러십니까?"

"잠시 어머니와 상의할 것이 있어서 그렇습니다."

판사는 생각하는 듯하다가 고개를 끄덕였다.

"그렇다면 삼십 분 정도 휴식한 뒤 회의를 마무리하겠습니다."

"감사합니다."

김성웅의 아들과 변호인이 일어나 회의실을 빠져나갔다. 남은 사람들은 어리둥절해서 그런 그들을 바라봤다.

직접 마주한 박철은 생각보다 차분해 보였다. 구치소에서 반복된 자해 시도와 자살 소동이 모두 실패했다. 전환자 대상자는 스물네 시간 감시를 받는다. 박철은 체념한 듯 보였다. 머리는 짧게 깎여 있었다. 고도 비만이었던 몸도 평균적인 체중으로 돌아간 듯했다. 죽음에 대한 공포로 인한 것일 수도 있었다. 전환기관에 후송된 이후 그는 차분한 태도로 주승우에게 신문을 받았다. 사건의 인과관계가 확실해 주승우가 확인할 일이란 그저 경찰과 검찰의 조서를 다시 읽는 수준이었다. 주승우가 궁금한 게 있느냐고 묻자 박철은 몸을 떨더니 흐리멍덩한 목소리로 말했다.

"그…… 전환이라는 게 아프지는 않습니까?"

"고통은 전혀 없을 겁니다. 잠을 자는 것처럼 느껴질 겁니다."

"그렇군요."

"또 궁금한 건 없습니까?"

박철은 잠시 머뭇거리다가 물었다.

"지정된 거요. 어떻게 결정된 거예요? 처음에는 그 피해…… 아니, 그 사람들 가족들이 엄청나게 싸웠다는데."

박철은 피해자라는 말을 의식적으로 피했다. 자신이 죽인 사람에 대한 언급을 최소화했다. 어떤 사람이 자신을 악인이라고 여기고 싶을까. 감옥을 들락거리는 파렴치범도 제 범죄를 합리화하는 최소한의 논리를 보유하고는 했다.

"모르십니까?"

주승우의 물음에 박철은 고개를 끄덕였다.

"다들 무슨 회의로 결정했다고 하는데 이해가 안

되더라고. 서로 싸우느라 바쁠 것 같던데, 그 전환 안 된 사건처럼 몇 년은 걸릴 줄 알았는데.”

박철은 답답하다는 듯이 머리를 헝클었다.

주승우는 이제 반년 가까이 지난 전환자 지정 절차 회의를 떠올렸다. 갑작스럽게 회의장을 빠져나간 김시우와 그 변호인을 보며 사람들은 혼란스러워했다. 주승우는 자리에서 일어났다. 화장실에 가는 길에 주승우는 건물 밖에서 이야기하는 두 사람을 보았다. 김성웅의 아들이 하는 말에 변호인이 무겁게 고개를 끄덕거렸다.

삼십 분 후 회의가 다시 진행되었다. 판사가 김성웅의 아들에게 말했다.

“김시우 씨, 하시려는 발언이 무엇인가요?”

김시우는 잠시 말하는 법을 잊은 것처럼 입술을 들썩거렸다.

“판사님, 저희는, 우리 가족은 저희 아버지의 전환을 포기하려 합니다.”

판사의 눈이 커졌다. 이봄의 아버지는 무슨 말을 들은 건지 믿을 수 없는 눈치였다. 판사가 김시우에게 되물었다.

“지금 그 말씀이 어떤 의미인지 명확히 알고 하시

는 겁니까? 혼자 내린 결정은 아니겠죠. 가족들이 모두 동의했습니까?"

김시우는 고개를 끄덕였다.

"그렇습니다. 오랫동안 고민했습니다. 변호사님이 아버지가 교회에서 하신 선언은 법적 효력이 없다고 하셨지만 제가 고민하는 건 그게 아니었습니다. 평소의 아버지라면 어떻게 하셨을까 하는 것입니다."

김시우는 거기에서 말을 더듬으며 말했다.

"여러 사람이 계속 저희에게 말했습니다. 젊은 사람을 위해서 나이 든 사람이 희생하는 건 당연한 일이라고, 아버지도 거기에 동의하실 거라고요. 하지만 그때마다 저는 오히려 더 반발했습니다. 당신들의 생각일 뿐이라고요. 아버지는 살 자격이 있었습니다. 한편으로는 저도 아버지가 어떤 생각일지 진지하게 고민해본 적이 없다는 걸 깨달았습니다. 아니, 그 답을 알기에 그 생각을 피했습니다. 방금 이봄 씨의 아버님이 하신 말씀을 듣고 그 답을 떠올렸습니다. 아버지는 기꺼이 당신을 희생할 준비가 되어 있을 사람이었습니다. 아마 이봄 씨를 보고 저를 떠올리셨겠지요. 아버지는 그런 사람이었습니다. 저는 아버지와 같은 믿음은 없지만 천국에서 이 모습을 보고 계시다면 저를 청찬할 거라고 확신합니다. 휴식 시간에 어머니와 통화하면서 뜻을 모았습니다."

"감사합니다. 감사합니다."

이봄의 아버지는 얼굴을 숙이고 오열했다. 입으로는 계속 감사하다고 말했다. 판사의 눈이 붉게 글썽거렸고, 김성웅 측의 변호인은 눈물을 보이기 싫은지 자꾸 고개를 이리저리 틀어댔다. 임호는 손수건으로 연신 눈가를 닦았다. 주승우도 뭉클한 감정을 느꼈다. 그 자리에서 침착한 사람은 한지혜뿐이었다. 주승우는 문득 이 모든 걸 한지혜가 계산하고 의도한 건 아닐까 싶었다. 그러나 증명할 수 없는 문제였다.

"시발, 지들끼리 북 치고 장구 치고 살려주는 건 나 아닌가."

주승우는 박철의 말에 어떤 반응도 나타내지 않았다. 신문이 끝난 박철은 요원의 호송을 받으며 감금 시설로 돌아갔다. 주승우는 이현을 떠올렸다.

현재 이현은 재판이 진행 중이었다. 이현은 1심에서 3년형을 선고받고 죄가 무겁다며 항소했다. 하지만 이현이 벌인 일에 대한 공분이 워낙에 컸으므로 형량이 깎이지는 않을 것이다.

형이 확정되고 3년을 교도소에서 보내고 나왔을 때 이현에게 돌아갈 자리는 없을 것이다. 누군가 그의 신상 정보를 인터넷에 올렸다. 그 사실에 충격받아 구치소에서 자살을 기도했다가 응급실에 실려 가기도 했다. 자신이 한 짓을 고스란히 돌려받았다.

조용한 카페는 비밀을 이야기하기 좋은 장소가 아니다. 이현은 지인과 마주치기 싫어서 조용한 곳을 골랐겠지만 주인이라고 귀가 없지 않았다. 카페 주인은 무슨 일일까 하다가 뉴스에서 이현에 대한 보도가 나오면서 자신이 본 사람이 음습한 동기로 범죄를 저질렀음을 알았을 것이다. 아니면 이현은 모르지만 카페 주인은 이현을 알고 있었을지도 모른다. 이현이 갑자기 사라져서 어리둥절해하는 그의 지인들에게 이런 일이 있었을 것이라고 알렸을 수도 있었다. 그리고 어느 쪽이든 분노했을 것이다. 주승우가 모든 것을 예상하고 유도하지는 않았다. 경찰이 체포하기 전에 먼저 이현과 대화를 나누고 싶었을 뿐이었다. 당황한 이현은 남의 눈에 띄지 않는 조용한 곳을 찾았고, 조용한 만큼 대화가 고스란히 울려 퍼진다는 건 미처 생각하지 못했다.

승자 독식의 경쟁 지향 사회에서 한 인간은 다른

인간을 같이 살아가야 할 동료이자 이웃이 아닌 경쟁자나 적으로 인식하기도 한다. 그것은 혐오의 형태로 표현되기도 한다. 그런 사회에서 박철과 이현 같은 사람은 끝없이 나타날 것이다. 지난 몇 년간은 전환형이 그런 이들의 폭력성을 누르는 누름돌 역할을 했지만 수증기를 배출하지 못하는 밥솥이 결국엔 폭발하는 것처럼 그런 이들은 필연적으로 등장할 수밖에 없었다. 그걸 막기 위해 수많은 이가 노력해야 할 것이다. 경찰이 범인을 잡고 법원은 전환형을 선고하고 전환기관은 이를 집행한다. 하지만 무엇보다도 좋은 건 애초에 그런 사건이 일어나지 않는 것이다. 악한 이와 선한 이 사이에서 누가 더 나은지를 고민하는 냉정한 계산은 하지 않는 편이 나았다.

전환과 전환형이 모든 문제를 말끔하게 해결해줄 거라는 믿음은 환상에 지나지 않았다. 결국 인간이 만들어낸 것이었고 당연히 결점이 존재했다. 법원의 각고한 고심 끝에 전환자 지정 절차가 탄생했음에도 피해자 유족 간의 극한 갈등이 일어난 것처럼 말이다. 갈등의 씨앗은 이미 뿌려져 있었다. 이현은 타오르는 불에 마른 장작을 던졌을 뿐이었다. 이번 사건이 잘 해결된 건 정말 기적 같은 일이었고, 기적에 의지하는 제도는 존재해서는 안 되었다. 법원은 더욱 고민하고 더욱 완전한 제도를 만들어내야 했다.

며칠 후면 전환 대상자 박철과 전환자 이봄의 전환이 진행된다. 가을 외딴 산속에 있는 전환기관에서는 계절의 흐름이 잘 느껴졌다. 창밖의 산은 붉고 노랗게 물들어 있었고 하늘은 푸르렀다. 자신이 죽은 순간을 기억하는 전환자는 때때로 심한 PTSD를 겪었다. 평생 이봄은 남성을 두려워하게 될 수도, 사람이 많은 곳에서 공포를 느낄 수도 있었다. 주승우는 이봄이 되살아나서 처음 마주하게 될 것이 삭막한 풍경이 아닌 이 가을의 풍경이라서 다행이라고 생각했다. 일상의 사소한 즐거움을 느낄 마음이 있다면 인생은 무너지지 않는다. 박철과 이현에게는 그런 마음이 없었다. 이봄에게는 그러한 일이 없기를, 그저 눈앞에 펼쳐진 아름다움을 보고 감탄하고 기뻐하기를, 그리하여 마음이 공포에 매몰되지 않기를 주승우는 바랐다.

공정한 거래

새벽에 세종시의 공무원 아파트에서 버스 정류장까지 걸어가는 길은 고요하다. 도시의 풍경은 계절에 따라서 밝아지기도 어두워지기도 하지만 어떤 계절이든 이 시간에는 도시의 소음이 다소 가라앉았다. 버스는 온 시내를 한 바퀴 돌다가 종점에서야 주승우를 내려준다. 두려움을 안겨주는 전환이라는 현상을 다루고 범죄자를 수용하는 시설이 있는 전환기관을 시내 한복판에 자리 잡게 해줄 지자체는 별로 없었다. 지금 자리도 힘든 협상 끝에 얻어냈다. 그래서 전환기관에 막 들어온 요원들은 서둘러 자가용을 마련한다. 주승우는 운전에 자신이 없고 가끔 차를 몰면 여지없이 사고가 났기에 있던 자가용도 처분했다. 남들보다 더 일찍 일어나지만, 딱히 피로하다고는 생각하지 않았다. 한 시간 남짓 버스에 앉아 주승우는 책을 읽거나 버스를 타고 내리는 사람들을 지켜본다. 건물이 낮아지고 버스가 야트막한 산길로 진입하면 남은 승객은 주승우를 포함해서 겨우 두셋이다. 뭣 모르고 버스를 탄 신입 직원이거나 전환기관에 볼일이 있는 사람이다.

오늘 주승우와 함께 버스에 남은 사람은 후자다. 30대 중반으로 보이는 여성인데 삐쩍 마른 몸에 옷은 무채색의 단조로운 디자인이다. 발치에는 우드록으로 만든 팻말과 전단지가 가득한 종이봉투가 놓였다.

전환기관은 다루는 업무의 성질상 시민, 인권, 종교 단체의 반발에 직면해왔다. 하지만 기관은 외딴곳에 있었고 여론의 관심이 필요한 각종 단체들은 사람들의 눈에 띄는 국회나 서울 광화문 광장에서 전환기관과 전환형에 반대하는 집회를 열었다. 전환기관까지 찾아오는 1인 시위자들은 가족을 잃은 이들이었다. 죽은 사람을 살릴 수 있는 시대였다. 범죄로 인한 죽음에서 벗어날 수 있게 되었더라도 매일 병에 걸리거나 사고로 죽는 이들은 생긴다. 그 가족 중 몇몇은 팻말을 들고 기관 앞에서 가족을 살려달라고 시위를 했다. 오랜 슬픔으로 소진된 그들은 적대적이거나 불법적인 행위를 하지 않아 기관으로서는 딱히 할 수 있는 일은 없었다. 제풀에 지쳐서 말없이 사라지기를 기다릴 뿐이었다.

버스는 주승우와 팻말을 든 여인을 내려주고 왔던 길을 거슬러 내려갔다. 자동차들이 주승우를 스쳐 지나갔다. 주승우와 여자는 말없이 기관 쪽으로 걸어갔다. 입구에 방송국 차량과 촬영을 준비하는 촬영 감독과 기자들이 보였다.

'요즘 취재할 만한 사건이 있던가?'

전환으로 인해 살인 사건의 피해가 회복 가능하다는 인식이 확산되면서 관련 보도는 점차 축소되는 경향을 보였다. 요즘 언론이 살인 사건을 취재하는 경우는 수법이 극도로 잔인하거나 피해자나 가해자가 언론의 주목을 받을 만한 인물일 때였다. 딱히 떠오르는 일은 없었다.

업무를 시작하면서 주승우는 기자들이 어떤 사건으로 왔는지 바로 알았다. 수사 기관에서 넘어온 사건 정보가 있었다. 알고 있던 사건이었다. 경찰 쪽이 아닌 언론 보도를 통해 알았다. 주승우는 경찰 요청으로 전국의 경찰서를 방문했다. 반대로 경찰의 요청이 없으면 사건에 개입하거나 신경 쓸 이유가 없었다. 범인은 금방 잡혔고, 확실한 물증도 확보했다. 전환형을 선고하는 데 애로사항은 없었을 것이다. 주승우는 경찰 조서를 읽었다. 언론이 일명 청담동 납치 살해 사건으로 부르는 사건이었다.

기업 가치가 5조 원에 달하는 대일건설 그룹의 회장 박상혁에게는 소소한 취미가 있었다. 중고 거래 앱을 통한 물건 판매였다. 그는 대기업 회장인 만큼 거래처에서 이런저런 선물을 자주 받았다. 처음에는 성의를 생각해서 최대한 보관하려고 했지만, 어느 순간부터 감당이 되지 않아 하나씩 처분하려고 했다. 버리기는 아까운 참에 한참 젊은 비서가 중고 거래 앱을 추천해줬다. 박상혁은 금방 중고 거래에 맛을 들였다. 쓸 일 없는 선물에서 시작해 사놓고 사용하지 않은 물건들을 하나둘씩 처분했다. 시중에서 구하기 어려운 명품도 있었다. 박상혁의 행보는 소소하게 유명해져 그에 대한 목격담이 인터넷 커뮤니티상에서 화제가 되기도 했다.

박상혁이 사용하던 중고 거래 앱은 판매 지역을 기반으로 사용자는 익명으로 처리된다. 하지만 일정한 닉네임을 가진 사용자가 꾸준히 활동한다면 신원을 유추하는 것도 가능하다. 박상혁은 판매하는 물건들이 기본적으로 고가품이고 강남 청담동 위주로 활동하니 부유한 인물이라고 추측할 수 있었다. 처음에 차우진도 그런 식으로 정보를 하나둘 얻고 그를 납치할 계획을 세운 것으로 보였다.

차우진은 박상혁이 올려놓은 골프채를 구매한다고 연락하며 접근했다. 차우진은 박상혁의 거주지를 한 바퀴 돌며 CCTV의 사각지대를 찾고 그곳을 약속 장소로 정한다. 범행을 위해 차까지 준비하고 살짝 늦게 약속 장소에 도착했다. 차에서 내린 차우진은 박상혁의 경계심을 누그러뜨리기 위해서 몇 마디 말을 건넨다. 본색을 드러낸 것은 골프채를 살펴볼 때였다. 차우진은 한번 휘둘러보고 싶다며 그대로 박상혁의 머리를 후려쳤다. 갑작스러운 공격에 박상혁이 깜짝 놀라 소리를 지르자 차우진은 머리를 연달아 후려쳐 그를 기절시켰다. 그리고 기절한 박상혁을 차에 싣고는 현장을 벗어났다.

CCTV가 없는 사각지대였으나 목격자가 있었다. 대로 건너편 카페 직원이 그 장면을 목격하고 바로 경찰에 신고했다. 경찰은 주변 CCTV를 통해 차우진이 운전하는 자동차 번호를 확인한 후 서울 일대에 수배령을 내렸다. 그사이 차우진은 경찰의 제지 없이 경부고속도로로 진입했다. 경찰은 차우진이 가는 방향의 도로에 인원을 배치하고 기다린다. 차가 예정된 경로에 도착하자 대기하던 경찰이 차를 세우라고 명령했으나 차우진은 이를 무시하고 오히려 속도를 올렸다.

그 이후 벌어진 추격전은 주승우도 영상으로 본 기억이 있었다. 영화에서나 보던 자동차 경주 장면이 이어졌다. 차우진이 속력을 높이자 경찰차가 옆면에 바짝 붙여 속도를 늦추려 했다. 차우진은 핸들을 이리저리 꺾으며 떨쳐내려고 했으나 양옆에서 경찰차들이 끈질기게 따라붙었다. 곧 차우진은 네 대의 경찰차에 포위되어 폭주를 멈췄다. 그러고도 차에서 농성하다가 경찰이 권총으로 발포하겠다고 경고하고야 항복했다. 뒷자리에는 피습당한 박상혁 회장이 누워 있었다. 그는 곧 119구급대에 이송되었으나 이미 사망한 상태였다.

강남의 부촌에서 일어난 납치 살인 사건이라는 점, 체포 과정에서의 추격전, 무엇보다도 살해된 사람이 대기업 회장이라는 점에서 사건은 대대적으로 언론에 보도되었다. 여론 또한 박상혁에게 동정적이었다. 보통 여론은 사회적 지위가 높은 이의 비극에 더욱 감응하기 마련이지만 박상혁은 일반적인 재벌의 이미지와 다르게 기업의 사회적 공헌이 중요하다는 말을 자주 해왔고 실제로 기부 금액도 큰 편이었다. 중고 거래 앱을 애용해왔다는 사실이 알려지자 재벌 회장이 가진 의외의 소탈함에 동정 여론이 더욱 커졌다.

체포된 차우진은 처음에 침묵으로 일관했다. 경찰이 조사 결과 드러난 막대한 채무를 근거로 추궁하자 차우진이 입을 열었다.

"그런데 그 사람이 죽었습니까?"

경찰은 피해자가 사망했다고 알려주었다. 전환형이 제정된 이후 살인자가 전환에 대한 두려움 때문에 입을 다무는 경우가 많아졌다. 피해자의 사망 사실을 알려준 건 일이 잘못되었을 경우 수사에 난항이 생길 수 있는 도박이었다. 그럼에도 이 정보를 순순히 고지한 건 차우진의 행적에서 한 가지 가능성을 떠올렸기 때문이었다. 주승우도 같은 판단을 내렸을 것이다. 경찰은 공범이 존재할 가능성이 크다고 판단했다.

"죽일 생각은 없었습니다."

차우진이 한숨을 쉬고 말했다. 주승우는 자기도 모르게 실소를 흘렸다. 조서에 동봉된 검시 기록에는 공격당한 박상혁의 두개골 상태가 기록되어 있었다.

머리가 움푹하게 찌그러졌다.

범행 동기는 경찰이 예상한 대로 빚 때문이었다. 차우진은 박상혁을 납치하고 가족에게 몸값을 요구할 생각이었다고 진술했다. 대로 한복판에서 공격한 이유도 거기에 있었다. 기업 회장인 박상혁은 보통 혼자 있는 시간이 별로 없었다. 거주 중인 고급 아파트는 외부인의 출입이 통제된 곳이었고 집에서 나와도 거의 수행 인원과 함께였다. 중고 거래를 하는 순간만이 박상혁이 홀로 있는 시간이었다. 차우진은 기회가 그때뿐이라고 판단했다. 처음에는 흉기로 위협해서 차에 태울 생각이었는데 그럴 틈이 보이지 않았다고, 말을 길게 하며 시간을 끌었으나 계속 사람이 근처에 있었다고 했다. 그러다가 거짓말처럼 주변에 사람들이 없는 순간이 찾아왔다. 마침 손에 골프채가 들려 있었다. 차우진은 다급했고, 다급했기에 잔혹하면서도 어설픈 일을 저지르고 말았다.

범행에 사용한 차 트렁크에 밧줄과 마대 등이 들어 있었다. 줄톱과 삽 같은 물건도 있었다. 경찰은 이 물건들이 무엇을 시사하는지 한눈에 알아봤다. 차우진은 몸값만 받고 풀어줄 생각이라고 진술했지만, 자신의 얼굴을 본 납치 대상을 살려둔 납치범은 드물었다.

경찰은 차우진의 범행을 납치 후 살인으로 규정하고 차우진을 압박했다. 입을 다물어서 혐의를 혼자 뒤집어쓰면 여지없이 전환형이 선고될 것이다. 차우진은 금방 공범이 있다고 실토했다.

"그 사람이 박상혁 회장을 납치해달라고 했습니다."

여기에서 등장하는 게 사채업자 김무열이다. 김무열에게 차우진은 친한 동생이었지만 빚을 진 채무자이기도 했다. 김무열은 최근 들어 차우진에게 빚 상환을 독촉했다. 유흥비와 도박, 코인 투기에 돈을 끌어다 쓴 차우진이 갚을 능력이 있을 리 만무했다. 김무열은 점점 강압적으로 변했다. 마지막에는 목숨까지 위협했다.

"사채업자가 죽인다는 건 겁이 났고 전환형이 선고될 건 겁이 안 났나?"

이야기를 듣던 형사가 물었다. 차우진은 이리저리 눈을 굴리다가 말했다.

"애초에 죽일 생각이 없었습니다. 설령 그렇다고 하더라도 살인을 사주한 사람이 있으면 감경 요소가 되는 거 아닌가요?"

"멍청한 놈."

주승우가 중얼거렸다. 조서에는 쓰지 않았지만 차

우진을 신문하던 형사도 같은 생각이었을 것이다. 살인 납치를 계획한 공범이 있다고 그를 수행한 정범과 종범이 어떻게 같은 처벌을 받는단 말인가.

김무열은 박상혁 때문에 손해를 보았다며 차우진에게 박상혁을 납치하면 빌린 돈을 탕감해주겠다고 제안했다. 만약 박상혁의 가족에게 돈을 받는다면 그 돈도 전부 주겠다고 했다. 자신은 그저 박상혁을 혼내주고 싶을 뿐이라고 했다.

주승우는 차우진의 전과 기록을 살펴봤다. 청소년 시절에 교내 폭행으로 소년원에 수감된 이후 자잘한 폭행, 절도 등을 반복해왔다. 교도소 경험은 차우진을 교화하지 못했다. 교도소는 사회에 대한 불만을 증폭시키며 새로운 형태의 범죄를 학습할 기회를 제공하는 교육 기관이었을 것이다.

김무열은 당연히 모든 혐의를 부인했다. 차우진은 일이 잘못되었을 경우를 대비해 김무열과의 통화와 문자 내용을 저장하는 치밀함은 발휘했다. 그 내용을 토대로 경찰은 김무열을 살인 청부 혐의로 체포한다.

"저는 데려와달라고만 했지 죽이라고 한 적은 없습니다."

두 사람이 세운 계획은 이랬다. 김무열은 흥신소

를 통해 박상혁을 미행하고 그의 취미가 중고 거래 판매인 것을 파악한 후 차우진에게 접근 방법을 가르쳐준다. 차우진은 박상혁에게 접근한 후 그를 흉기로 위협해 차에 태워 김무열이 마련한 외딴 폐공장으로 데려간다. 경찰은 이 부분에서 의문이 들었다. 아무리 남성이라도 다른 남성을 제압하는 것은 힘들다.

"같이 가기로 한 사람이 있었습니다. 당일이 되니까 겁이 났는지 연락이 없더군요."

차우진은 납치를 모의한 인물이 한 명 더 있다고 했다. 차우진처럼 김무열에게 많은 빚을 진 사람이었다. 하지만 범행 당일에 나타나지 않았다. 그런 상황이라면 계획을 멈추는 게 맞지만 차우진은 그러지 않았다. 김무열이 계획을 진행한다면 공범자에게 돌아갈 돈도 주겠다고 제안했기 때문이었다. 차우진은 홀로 범행에 나섰고 박상혁을 무리하게 제압하려다가 결국 죽음에 이르게 했다.

경찰은 김무열의 사주를 받은 공범도 추가로 조사해 김무열의 말이 사실인 것을 확인했다. 그는 그런 범죄에 휘말리는 것이 두려웠다고 진술했다.

김무열은 자신이 탐내는 재개발 지구의 개발 사업에 참여하는 걸 박상혁이 사사건건 방해했고 그 때문에 원한을 품었다고 했다. 박상혁을 납치해 위협할 생각이었다. 이 부분에서 주승우는 의문을 품었다. 김무열은 범죄자와 결이 비슷한 생활을 했으나 차우진과 질적으로 전혀 다른 인물이었다. 주변에 범죄자가 많고 상대할 일이 많더라도 멀쩡한 사업체를 운영하고 있었다. 그는 잃을 것이 많았다. 원한 때문에 대기업 회장을 납치하는 큰일을 벌였다는 게 납득되지 않았다.

"이게 말이 되나?"

주승우는 중얼거렸다.

"선배님이 이렇게 자리에 앉아 있는 건 말이 됩니까?"

주승우가 뒤를 돌아보자 임호가 헉헉 숨을 내쉬며 서 있었다.

"왜 그러고 있어. 지각할까 봐?"

"지금 오전 10신데. 출근은 아까 했습니다. 방송 나온 거 못 들으셨습니까?"

"무슨 방송?"

"취재진이 하도 많이 나와서 통제가 안 되니까 지원 와달라고요."

"그래? 조서 읽느라 못 들었어."

"완전 난리였습니다! 기자들이랑 카메라 든 사람들이 막 통제선 넘어서 들어오려고 들고 대기업 회장 살인범인가 하는 놈은 누명을 썼다고 소리치고! 그 말에 기자들은 더 난리를 피우고!"

"그래서 너는 가서 뭐 했는데."

"몸으로 막았죠!"

임호는 분통이 터진다는 듯 말했다.

"그런데 선배님은 여기에 편하게 앉아서 말이 안 된다는 소리나 하고 있고."

"아이고, 고생했네, 우리 후배님."

"그런 소리 듣고 싶지 않습니다."

"아무튼 차우진이 기관으로 들어왔군."

"지금 제 말 듣고 계신 겁니까?"

임호가 물었지만 주승우는 아무 대답 없이 인트라넷에 접속했다. 차우진의 신문은 바로 다음 날이었다.

전환기관에 들어온 전환 대상자는 열흘간의 신문을 진행한 후 전환자와 전환된다. 경찰 수사 이후 재판에서 차우진은 누명을 썼다고 주장했다. 주승우는 신문하기 전에 사건 조서를 면밀하게 검토했다. 조서는 차우진의 범행 과정과 동기를 철두철미하게 파헤쳤다. 그러면 차우진이 누명을 썼다고 주장하는 근거는 무엇인가.

"트렁크에 있던 톱이랑 삽 말이에요, 제가 챙긴 게 아닙니다."

조서에는 차우진 혼자 모든 준비를 하면 수상해 보인다며 김무열이 범행을 준비하겠다고 제안한 것으로 나와 있었다.

"난 그 사람을 넘기고 돈만 받고 사라질 생각이었습니다."

전과자인 차우진은 한국에 있어야 취직도 못 하고 사람들의 시선도 따가웠다. 차라리 외국에 나가 새 인생을 시작하고 싶었다. 그러려면 돈이 필요했다. 김무열에게 돈을 빌린 이유는 그 돈을 종잣돈 삼아 코인에 투자하기 위해서였다. 하지만 투자는 실패했고 남은 건 빚과 사채업자인 김무열의 협박이었다.

"제가 그때 그 이야기를 들으면 안 됐는데 정신이 나가서 그랬나 봅니다."

주승우는 의문을 느낀 부분을 물었다.

"수상하다는 생각이 들지 않았습니까? 박상혁은 대기업 회장입니다. 납치하기에는 너무 큰 인물이었죠. 김무열 씨가 그를 죽일 거라고 생각하지 않았습니까?"

주승우의 말에 차우진은 고개를 저었다.

"전환형을 선고받을 텐데요. 그 사람을 죽인다고 는 생각도 못 했습니다."

납치에는 통상적으로 정교한 계획이 필요하다. 대상을 어떻게 납치하고, 협박하고, 경찰의 추적을 피해 돈을 받는 과정까지 세세하게 계획해야 한다. 다른 범죄라면 모를까 납치범으로서 차우진은 낙제점을 줘야 했다.

'김무열은 왜 이런 인간을 선택했을까.'

조서에 기록된 차우진의 범행을 보면서 주승우는 혀를 여러 번 찼다. 인간으로서 탄식하는 것이기도 했지만, 범죄자로서도 수준 미달인 판단에 탄식했다.

'마치 일부러 이런 사람을 준비한 것처럼 말이야.'

여기까지 생각이 이어지자 주승우는 한 가지 가능성을 떠올렸다. 아직 가설에 지나지 않았지만 그게 맞다면 김무열이 차우진에게 박상혁 납치를 청부한 것이 설명 가능했다.

"형사님? 형사님?"

차우진이 말없이 조서를 읽는 주승우를 불렀다. 주승우가 고개를 들었다.

“형사님, 더 물어보실 건 없습니까?”

차우진이 쓸데없이 정중한 목소리로 말했다.

“형사가 아닙니다.”

“네?”

“형사가 아니라 요원입니다.”

“아.”

“오늘 신문은 여기까지입니다. 고생하셨습니다.”

몇 마디 말을 섞지도 않았는데 주승우가 일어서자 차우진은 당황한 듯했다. 주승우는 차우진과 나누는 대화가 시간 낭비라는 생각만 들었다.

‘그렇다면 누구를 찾아가야 할까.’

전환형이 구형되어 빠르게 진행된 차우진의 재판과 다르게 김무열은 재판이 아직 진행 중이었고 그는 구치소에 수감되어 있었다. 그는 주승우의 예상과 달리 면회를 의외로 순순히 수락했다. 김무열은 자신을 찾아온 전환기관 요원을 보고 의외라는 표정을 지었다.

“제가 요원님과 할 얘기가 있을 것 같지는 않은데요. 경찰에서 한 진술이 다입니다.”

“다 얘기한 건 아닐 텐데요.”

주승우는 면회실의 철창을 사이에 두고 김무열을

바라봤다. 수의를 입었지만, 김무열은 건강이 양호해 보였다. 전환형을 선고받고 하루가 다르게 메말라 가는 차우진과는 대조적인 모습이었다. 김무열이 삐딱한 표정으로 물었다.

"어떤 것 말이죠?"

"면회 시간이 짧으니 단도직입적으로 묻겠습니다. 박상혁 회장에게 원한이 있다는데 그 이유가 뭡니까?"

김무열은 기가 찬 듯이 웃었다.

"전환기관에서 왔다기에 뭔가 했더니만…… 몇 번이라도 얘기해드리죠."

김무열은 그 동기를 차근차근 이야기했다. 경찰 조서에 기록된 내용과 그리 다르지 않았다. 주승우도 새로운 이야기가 나올 거라고는 생각하지 않았다. 주승우는 귀 기울여 듣는 척하다가 궁금한 이야기를 물었다.

"차우진이 박상혁 회장을 살해할 거라고는 생각하지 않았습니까?"

김무열이 쓴웃음을 지었다.

"저는 그냥 데려오라고만 했습니다. 그런데 일을 그렇게 멍청하게 처리할 줄은 상상도 못 했죠."

예상한 답변이었다. 그때 면회실의 문이 열리더니 양복을 차려입은 남자가 들어오며 소리쳤다.

"지금 정식 절차도 없이 뭐 하시는 겁니까?"

"제 변호사가 왔네요."

김무열이 빙글빙글 웃으며 말했다.

"면회 중입니다. 또 대화 중이고요."

"그걸 묻는 게 아니지 않습니까. 전환기관은 수사권도 없는 곳인데 뭘 캐묻는 겁니까?"

"개인적으로 궁금한 게 있어서요. 어차피 이제 다 끝났습니다."

주승우가 의자에서 일어났다. 변호사가 주승우에게 경고했다.

"이번 일은 불법적인 수사 행위입니다. 전환기관에 정식으로 항의하겠습니다."

'그러든지 말든지.'

주승우는 다른 말을 내뱉었다.

"불쾌하셨다면 사과드리겠습니다. 죄송합니다만 변호사님 명함 한 장 얻을 수 있을까요?"

변호사는 불쾌한 표정이었지만 명함을 순순히 건네주었다. 면회실의 문이 닫히는 틈으로 변호사가 김무열에게 이런 요구를 일일이 받아줄 필요는 없다고 말하는 게 들렸다. 더 듣고 싶지만 여기서 경계심을 살 필요는 없었다. 김무열이 변호사의 말을 안 듣는 의뢰인임을 알아낸 것도 소득이라면 소득이었다.

주차장에서 임호가 기다리고 있었다. 예상한 시간보다 좀 일찍 끝난 참이었다. 문을 열고 조수석에 올라타니 임호가 휴대폰으로 보던 영상을 정지시키고 물었다.

"가신 일은 잘 처리하셨습니까?"

"아니."

주승우는 짧게 대답하고 변호사에게 받은 명함에 적힌 회사 이름을 인터넷에서 검색했다. 법무법인 대산. 관련 기사가 몇 개 있었다. 변호사가 소속된 로펌은 대한민국에서 몇 손가락 안에 들 만큼 규모가 컸다.

"뭐 하십니까?"

"임호, 너 혹시 아는 변호사 있어?"

"아니요. 일하다가 몇 번 마주친 사람이 다죠."

"그럼 대산이 어떤 로펌인지 모르겠네."

주승우의 반응에 임호가 이마를 찌푸렸다.

"제 대답 안 들어도 상관없죠?"

"아냐. 그래도 듣고 싶어."

"모르죠."

"그럴 줄 알았어."

임호가 차를 갑자기 출발시켜 주승우의 몸이 휘청거렸다. 서둘러 안전띠를 매는 주승우를 보고 임호가 씩 웃었다.

"미안해, 후배님."

임호가 속도를 조금 줄였다.

차우진이 기관에 들어온 지 사흘이 지났다. 남은 기간은 7일이었다. 범죄를 조사하기에는 촉박했다. 이런 게 싫어서 주승우는 아무리 사소하더라도 경찰이 요청하면 직접 방문해 적절한 충고를 해주었다. 남은 시간 동안 진행될 차우진의 신문은 다른 요원에게 부탁했다. 주승우는 최대한 많은 정보를 빠르게 수집해야 했다. 그러기 위해서 정공법보다는 요령에 가까운 방법을 써야 했다. 인맥이었다.

주승우는 연락처를 뒤적거리다가 찾은 번호를 보고 주저하다 통화 버튼을 눌렀다. 통화 연결음이 이십 초 정도 이어졌다. 통화를 종료할까 고민할 즈음 상대방이 전화를 받았다.

"안녕하세요, 요원님. 무슨 일로 연락하셨죠?"

"한지혜 변호사님, 안녕하십니까. 개인적으로 궁

금한 게 있어 연락드렸습니다."

"어떤 일이시죠?"

"갑작스럽게 느껴지지는 않으신가 보군요."

"갑작스럽지만 저번에 도와주신 게 있으니까요."

지난번 박철 사건 이야기다. 마지막에 잘 해결되었지만 괜히 한지혜를 경계하다 일이 꼬일 뻔해서 주승우에게는 얼마간 아쉬움이 남은 사건이었다. 주승우는 빠르게 본론으로 넘어갔다.

"자세히 말씀드리지는 못하지만 로펌 관련한 일입니다. 제가 듣기론 대형 로펌은 보통 기업 관련된 업무만 진행하는데 형사 사건을 수임한다면 어떤 경우입니까?"

한지혜의 대답은 즉각적이었다.

"그게 이상한 일은 아닙니다. 다만 형사에는 추가 수임료가 더 붙고 범죄의 수위에 따라서 더 많은 금액이 붙겠지요. 상당한 금액일 겁니다. 억대까지 불어날 수 있습니다. 간단히 말하면 돈이 많으면 살인범도 대형 로펌에서 변호사 수임이 가능합니다. 요즘 살인 혐의는 전환형 때문에 패소할 확률이 너무 높아서 잘 맡으려고 하지 않겠지만요."

주승우는 김무열의 재산 내역을 눈으로 훑었다.

사채업을 운영해 재산에 불투명한 부분이 있을 테지만 그 부분은 경찰이 수사를 진행하며 어느 정도 공백을 메꾸었다. 재산은 10억에서 20억 사이로 추정된다. 부유하다고 할 만하지만 억대에 달하는 수임료를 감당하는 건 또 다른 이야기다. 재산은 대부분 부동산이나 자동차, 명품 같은 것으로 보인다. 빠르게 융통할 현금은 기껏해야 몇천만 원 정도다. 형량을 줄이기 위해서라면 돈이야 얼마든지 쏟아부을 수 있겠지만 말이다. 그때 스쳐 지나가는 생각이 있었다.

"변호사님, 보통 대형 로펌이 기업과 관련된 업무를 본다고 하셨죠? 그러면 수임을 받을 때 고객인 기업의 눈치를 당연히 보겠죠?"

"그렇겠죠?"

"만약 기업 회장의 납치를 사주한 일당이 변호사를 선임할 때 납치된 회장의 기업은 당연히 납치범들이 변호사를 선임하는 걸 방해하겠네요?"

"무슨 사건인지 알겠네요. 요원님이 생각하신 대로입니다. 로펌 입장에서 납치범이 아무리 많은 돈을 가지고 오더라도 그보다 더 큰 돈이 오가는 기업의 반발을 무시하지 못할 겁니다. 겨우 몇억을 벌겠다고 몇십 억을 잃을 순 없으니까요."

주승우는 고개를 끄덕였다.

"감사합니다, 변호사님. 큰 도움이 되었습니다."

"여전하시군요."

그렇게 말하고 한지혜는 통화를 종료했다.

이미 수사가 완료된 사건이라도 다른 각도에서 보면 새로운 이야기로 재탄생한다. 2000년대 초 대한민국은 연쇄살인의 시대라고 할 만큼 흉악한 연쇄살인범이 여럿 등장했다. 경찰은 그들을 검거하는 데 큰 어려움을 겪었다. CCTV와 같은 보안 매체나 방범 시스템이 미비하기 때문이기도 했지만 그 이전까지 대한민국에 연쇄살인이 별로 없었기 때문이다. 살인이 목적인 살인, 원한이나 동기가 없는 무차별 살인을 대한민국 경찰은 경험한 적이 없었다. 이전과 다른 관점으로 개별 사건을 연결하고 그것이 한 사람이 연속적으로 저지른 사건이라는 것을 깨닫고 나서야 연쇄살인범에게 대처할 수 있었다.

이번 사건은 겉으로 보기에 단순한 납치 살해 사건 같았다. 범행의 어설픈 부분은 계획의 미비함 때문이라고 보면 되었다. 그저 박상혁을 혼내주려 했다는 김무열의 진술 역시 말 그대로일 수도, 혹은 어차피 실패한 범행이니 형량이라도 줄여보려고 거짓말하는 것일 수도 있었다. 하지만 주승우에게는 그것이 다르게 보였다.

주승우는 특수감찰반 감찰관이었다. 하는 일은 많았지만 전환자와 전환 대상자가 지정되기까지를 면밀히 검토함으로써 잘못된 사람을 전환하지 않게 하는 것이 핵심이었다. 그런 직무 탓에 자신이 접하는 사건을 다른 각도로도 보았다. 이 사건을 다른 목적, 즉 전환을 이용하려는 시도로 간주한다면 완전히 다른 이야기였다.

'그래도 아직 부족해.'

확인할 게 한 가지 더 남아 있었다.

"전환이 웬만한 질병을 치료해주느냐고?"

주승우의 질문에 구내식당에서 늦은 점심을 먹던 전환기관 의료 담당자 김유용 교수가 밥알을 우물거리며 말했다.

"갑자기 그런 건 왜 물어보지, 주 요원?"

"개인적으로 궁금해서요. 전환을 이용해 병을 치료할 수 있다는 얘기를 들어서요."

주승우는 김유용이 코웃음을 칠 줄 알았다. 그 대

신 그는 씹던 음식을 우물거리다가 물을 한잔 들이켜고는 말했다.

"어떻게 알았어? 기밀이라 기관에서도 아직 아는 사람이 별로 없는데."

"네? 그게 사실입니까?"

"그럼. 생각해봐. 토막 난 사람을 살리는데 웬만한 병도 그냥 고치지. 암도 치료된다고 하네. 치료가 안 되는 말기 환자까지."

"그게 가능하다고요?"

주승우의 물음에 김유용은 제 이마를 탁 쳤다. 방금 가볍게 보안 수칙을 위반했다는 사실을 깨달았기 때문이다.

"저한테 정보 열람 권한이 없다고 고민하시는 거 같은데 마음만 먹으면 금방 알아내는 거 아시지 않습니까."

김유용이 순순히 인정했다.

"그건 그렇지. 좋아, 말해줄게. 멀리 돌아갈 필요는 없으니까."

김유용은 짧게 숨을 들이쉬고는 말을 이었다.

"중국 쪽에 그런 사례가 있다네. 전환자 중 하나가 말기 암 환자였나 봐. 그거 때문에 전환이 안 될 뻔했는데 자네도 알다시피 중국은 일단 집어넣어보자 주의잖나. 전환하고 나니까 몸에 있던 암세포가 싹 사라졌다고 하더군. 그쪽 기관에서 일부러 알린 건 아니고 전환자를 전환되기 전에 진료한 의사가 발견하고 논문으로 발표했다네. 국내에도 소개가 돼서 아는 사람은 어느 정도 아나 봐. 근데 이건 왜 궁금한 거야? 누가 암 치료하려고 애먼 사람 누명이라도 씌웠어?”

김유용은 자기가 말하고도 우스운지 히죽 웃고는 밥을 떴다. 그러다가 딱딱하게 굳은 주승우의 표정을 보았다.

“진짜야?”

“교수님, 혹시 시신에서 암세포를 검출할 수 있습니까?”

수사 기록에서 박상혁의 의료 내역을 확인할 방법은 없었다. 과거라면 경찰 측이 부검을 진행했겠지만 전환형 제정 이후 사인이 명확한 경우에는 부검이 아닌 육안으로 사인을 확인하는 검시로 대신했다. 이번 사건은 사인이 확실했기에 부검은 진행하지 않았다. 개인적인 의료 기록을 얻어낼 수는 없어 그래도 방법이 아예 없지는 않았다.

차우진과 박상혁을 전환하기까진 5일이 남았다. 외부 보관소에 있던 박상혁의 시신이 전환기관으로 넘어왔다. 통상적으로 전환하기 일주일 전에 전환자의 시신이 전환기관에 인도된다.

"교수님, 아시겠죠? 우리는 절차대로 전환자가 전환 가능한지 확인하려는 겁니다. 저는 오늘 요원으로서 관련 지식을 얻기 위해 그 과정에 참여하는 거고요."

멸균 처리된 수술복을 입고 주승우가 김유용에게 말했다.

"알겠다고. 나도 절차에 문제없는 거 알아. 괜히 호들갑이야."

외부보다 몇십 도 낮게 설정한 사후 외과 시술실 한가운데에 박상혁이 누워 있었다. 김유용 교수는 담당 의료관들이 미리 찍어놓은 엑스레이 사진을 살펴보고 눈살을 찌푸렸다.

"이거 굳이 확인할 필요도 없겠는데."

"네? 뭐가요?"

"자네 말이 맞아. 췌장암이야. 시신 보관 상태가 좋다 보니까 암세포도 보존이 잘됐네. 엑스레이로 확인될 정도면 살았을 때는 정말 심각했겠어. 이 정도면 온몸으로 전이된 상태였을 거야. 재벌 회장인데 건강

관리 좀 잘하지."

김유용은 혀를 차더니 수술 도구가 놓인 철제 탁자에서 긴 바늘이 꽂힌 주사기를 들었다.

"그래도 확실히 할 건 해야지."

그는 주사기를 박상혁의 배에 푹 꽂았다.

"뭐 하십니까?"

"조직 채취. 검사 결과가 늦어도 사흘 안에는 나올 거야. 근데 어떻게 할 거야?"

"진행해야겠죠?"

"진짜 하려고? 난리 나겠구먼."

그 말에 머리가 아득해진 주승우는 수술 두건으로 감싸인 이마를 짚으며 말했다.

"그러게요. 저희 진짜 큰일 났습니다."

김경호 검사가 임호의 안내를 받아 전환기관 내부의 회의실로 들어왔다. 주승우와 낯선 남자가 서 있었다.

"검사님, 시간을 내주셔서 감사드립니다."

"아닙니다. 마침 세종시에 볼일이 있었고…… 그런데 이분은 누구신지?"

주승우가 같이 서 있던 남자를 소개했다.

"강남경찰서 윤준헌 형사님입니다."

윤준헌 형사가 김경호 검사에게 오른손을 내밀며 말했다.

"강남경찰서 마약반에서 근무하는 윤준헌이라고 합니다."

"서울동부지검에서 근무하는 김경호라고 합니다."

두 사람이 인사하는 동안 임호는 세 사람과 떨어진 자리에 섰다.

"그런데 어떤 일로 저를 부르신 거죠? 중요한 제보가 있다고 하셨는데."

김경호의 말에 윤준헌도 주승우를 쳐다봤다.

"저한테도 그렇게 말씀하셨죠."

"맞습니다. 임호."

주승우의 부름에 임호가 휴대폰 하나를 중앙 탁자에 거치시켰다. 휴대폰은 누군가와 통화 중인 상태였고 스피커폰이 켜져 있었다.

"전환기관 기관장이십니다. 지금 외국에 계시고, 일정 중이시라 따로 대화에 참여하지 못하십니다. 하지만 대화는 모두 듣고 계실 겁니다."

검사와 형사가 영문을 모르겠다는 표정을 지었다. 주승우는 불안하게 이리저리 걸어 다녔다. 휴대폰 속의 목소리가 말했다.

"빨리 시작해."

그 말에 주승우가 이야기를 시작했다.

"여러분은 청담동 납치 살해 사건에 대해 들으신 적이 있을 겁니다. 사건의 범인이자 법원에 의해 전환 대상자로 지정된 차우진이 현재 전환기관의 수용 시설에 수감되어 있죠."

"당연히 알지요. 그런데 왜 그 이야기가 나옵니까? 설마 수사가 잘못되었습니까?"

김경호의 물음에 주승우는 고개를 저었다.

"아뇨. 그건 아닙니다. 경찰과 검사의 수사는 사건의 총체적 진실을 밝혀냈습니다. 하지만 그 안에 담긴 다른 의도를 밝히지는 못했습니다."

"다른 의도라니요?"

윤준헌이 물었다. 그때 임호가 검사와 형사에게 사건 자료를 건넸다.

"거기 네 번째 장에 보이는 남자가 차우진에게 박상혁 회장을 납치하라고 사주한 사채업자 김무열입니다. 김무열은 납치를 사주한 이유를 원한 때문이라고 했습니다. 저는 이것이 이상하다고 생각했습니다."

"뭐가 이상하다는 겁니까? 이권 때문에 원한을 살

가능성도 충분할 텐데."

윤준헌이 말했다.

"대상이 대기업의 회장이었죠. 그런데 벌어진 사건은 아시다시피 좀…… 거칠어요."

"이건 거친 게 아니라 멍청한 건데요."

사건 기록을 넘겨보던 검사가 말했다.

"맞습니다. 무려 대기업 회장을 납치했다고 보기에는 너무 엉성한 계획이었습니다. 박상혁 회장을 집 밖으로 꾀어내는 것만 계획되어 있고 나머지는 아무것도 없는 수준이었습니다. 차우진 혼자 범행을 진행한 것도 말이 안 됩니다. 공범자가 최소 두셋은 더 필요했습니다. 실패할 수밖에 없는 범행이었어요."

"그렇게 계획이 엉성한데도 차우진은, 아니 김무열은 범행을 진행시켰죠."

"계획이 엉성해도 상관없었던 거지요. 성공할 생각이 없었는지도 모릅니다."

"그럼 주 요원님 말씀은 이 범행이 애초에 실패할 목적이었다는 겁니까?"

형사가 눈을 날카롭게 빛내며 물었다.

"그렇습니다. 애초에 실패하라고 세운 납치 계획입니다."

"도대체 왜? 김무열 본인에게 아무런 이득이 없는데요?"

검사의 질문에 주승우는 후 하고 숨을 내뱉었다.

"김무열이 아닙니다. 차우진은 박상혁 회장을 표적으로 삼았지만 사실은 자신이 표적이었습니다. 차우진이 자신을 살해하게 해서 전환 대상자로 지정되고 자신과 전환하게 하는 것이 박상혁 회장의 목표였습니다. 박상혁 회장이 이 모든 일을 꾸민 겁니다."

형사와 검사는 십 초 정도 멍한 표정을 지었다. 잠시 후 김경호 검사가 정신을 차리고 말했다.

"아니 그게…… 말이 안 되지 않습니까. 도대체 무슨 이득이 있다고?"

"저는 그가 전환을 통해 병을 치료하려 했다고 생각합니다. 실제로 그는 말기 암 환자였습니다."

수사 자료 마지막 장에 박상혁의 몸에서 채취한 조직 검사 결과가 첨부되어 있었다. 온몸에 암이 전이되었다는 김유용 교수의 소견도 같이 있었다.

"전환이 암도 치료해줍니까?"

검사의 물음에 주승우는 고개를 끄덕였다.

"깨끗하게 치료된다고 합니다."

허참 하고 검사와 형사가 탄성을 흘렸다. 주승우

는 설명을 이었다.

"췌장암은 치료 과정이 굉장히 고통스럽고 치료 후 생존 확률도 낮습니다. 박상혁 회장은 암에 걸린 사실을 알고 난 후 지푸라기라도 잡는 심정으로 여러 치료 방법을 찾았겠지요. 그러다가 전환 후 전환자의 암이 치료되었다는 정보를 얻었을 겁니다. 그때부터 자신의 목숨을 구하기 위해 계획을 세운 겁니다. 김무열은 그의 사주를 받아 대상을 물색했죠."

주승우는 범행 당일 연락이 끊겼다는 차우진의 공범을 떠올렸다. 김무열은 그가 도망쳐도 상관없었다. 만약 홀로 남은 차우진이 도망쳤더라도 다음 표적이 준비되었을 것이다. 차우진이 혼자 가겠다고 했을 때 김무열은 속으로 미소 지었을 것이다.

"결과적으로는 차우진이 박상혁 회장을 살해했지만 차우진이 박상혁 회장을 살해한다는 보장은 없었을 텐데요."

윤준헌이 고개를 갸웃거렸다.

"그건 아무래도 상관없었을 겁니다. 차우진이 원래 계획대로 박상혁 회장을 납치해 약속 장소에 데려다 놓았다면 김무열이 몰래 살해하고 그 죄를 차우진에게 뒤집어씌웠겠지요."

"자기가 살기 위해 먼저 죽는다니 도대체 뭐지."

검사가 탄식했다.

"자기하고 별 관련 없는 사람을 희생시키려고 했고요."

형사가 고개를 절레절레 저었다.

"박상혁 회장은 암을 치료하기 위해 자신의 죽음을 청부했습니다. 그런데 이 결론에는 문제가 하나 있습니다."

"증거가 없는 심증만으로 만들어진 결론이라는 것이겠죠."

"원칙상으로는 '전환 재심사'를 법무부에 요청하고 그에 따라 전면적인 재수사를 벌여야겠지만…… 증거가 없어 법무부를 설득할 자신이 없습니다."

"그게 저희를 여기에 부른 이유입니까?"

김경호가 물었다.

"개인적으로 믿을 만한 분들이라고 생각했습니다."

"높게 평가해주시는 건 감사하지만 보통 전환기관에 들어오면 열흘 이내에 전환이 진행되지 않나요? 일단 시간이 너무 부족합니다. 그 안에 증거를 확보할 방법이 있습니까?"

윤준헌의 물음에 주승우는 고개를 끄덕였다.

"그렇습니다."

주승우는 김무열을 만나러 구치소를 방문했을 때를 떠올렸다. 김무열을 면회하던 중 변호사가 나타났다. 그때는 김무열이 부른 것으로 생각했지만 지금에 와서는 다르게 보였다. 김무열과 변호사는 서로를 신뢰하지 않았다. 박상혁 쪽에서 붙인 변호사일 것이다.

"이 사건의 주동자는 박상혁과 김무열입니다. 두 사람은 각자의 목적을 위해 이번 범행을 저질렀습니다. 박상혁 회장의 목표는 생명입니다. 김무열의 경우 이 거래 자체가 일종의 보상이었을 겁니다. 박상혁 회장, 더 나아가 대일건설 그룹의 큰 약점을 잡았으니까요. 그것으로 얻을 게 얼마나 많겠습니까?"

"전환까지는 아니더라도 김무열은 징역까지 살게 되었습니다. 박상혁 회장이 제시한 대가는 그걸 감수할 만큼 큰 것이겠죠. 다만 이 거래의 대가가 박상혁 회장이 전환해 부활한 이후에나 지불된다는 점이 문제입니다. 만약 박상혁 회장이 부활하지 못한다면 어떻게 될까요?"

미간을 구기며 생각에 빠져 있던 검사가 답을 말했다.

"거래에 차질이 생기죠."

"그렇습니다. 대일 그룹 쪽에서 박상혁 회장이 꾸민 이번 범행에 대해 아는 이는 그리 많지 않을 겁니다. 아마 일부 측근만이 이 범죄를 알고 있겠지요. 만약 박상혁 회장이 전환되지 않으면 이 거래에 책임지는 사람이 없어지는 겁니다. 김무열은 굉장히 다급할 거예요. 그렇게 되었을 때 김무열이 할 행동은 하나입니다."

차우진은 납치 계획을 상의하면서 김무열과 연락한 기록은 꼼꼼하게 챙겨두었다. 주승우는 김무열도 똑같이 했을 것으로 생각했다.

"김무열은 박상혁 회장의 범죄를 증명하는 결정적인 증거를 가지고 있을 겁니다. 그 증거로 대일 그룹을 압박하려고 하겠죠. 대일 그룹에서도 증거를 확보하려 할 겁니다. 박상혁 회장이 부활하든 아니든 그 증거는 대일 그룹에 치명적인 손해를 끼칠 물건입니다."

주승우의 추측에 검사와 형사도 동의했다.

"예정된 전환이 미뤄진 순간부터 불안이 증폭되겠군요. 어느 쪽이든 먼저 움직일 게 뻔합니다. 그 틈을 파고든다면 증거를 확보하겠군요."

"그렇습니다. 그러기 위해 시간이 필요합니다, 기관장님."

주승우가 거치된 휴대폰을 향해 말했다. 말없이 듣고 있던 기관장이 말했다.

"40일. 그 이상은 어려워."

"감사합니다!"

주승우의 목소리가 높아졌다.

"좋아하지 말고 이제 시작이니까. 만약 네 추리가 틀리거나 증거를 확보하지 못하면 그 뒷감당은 네가 사표를 쓰는 선에서 끝나지 않을 거다."

기관장은 이어서 검사와 형사에게 물었다.

"이번 사건을 저희 쪽에서 맡기에는 수사 인원이 부족합니다. 혹시 두 분이 수사에 참여하실 생각이 있으십니까?"

김경호와 윤준헌은 서로 얼굴을 쳐다보더니 고개를 끄덕였다.

"물론입니다."

"당연하지요."

"이미 수사가 완료된 사건의 결과를 뒤집고 법원의 판결마저 부정하는 모양새라 경찰과 검찰에서 반발이 있을 겁니다. 그래도 괜찮겠습니까?"

김경호는 머리를 긁적이며 말했다.

"말하기 민망하지만 이미 찍힐 대로 찍혀서 상관

없습니다.”

윤준헌도 동의했다.

“누군가는 해야 할 일입니다.”

“두 분 모두 감사드립니다. 내일 바로 특수 수사팀 결성에 대한 공문이 넘어갈 겁니다.”

그 말을 마지막으로 통화가 종료되었다. 김경호의 얼굴이 딱딱하게 굳어 있었다. 주승우는 아무래도 부담스러운 일이니 혹시 뒤늦게 후회라도 하는가 싶었다. 김경호가 고개를 갸웃거리다가 나직이 말했다.

“이 새끼들을 도대체 무슨 죄로 기소해야 하는 거야.”

주승우가 재생한 영상에서 경찰과 한 무리의 사람들이 뒤엉켜 서로 밀고 밀치는 장면이 이어졌다.

“장소는 익숙하시죠. 당신이 살던 집이니까요.”

“…….”

김무열은 말없이 영상을 노려보았다.

“사흘 전 오후. 112에 옆집에 수상한 사람들이 침입했다는 신고가 들어왔습니다. 마침 근처를 순찰하던 경찰들이 현장에 출동했습니다. 그리고 일단의 남성들이 당신 집을 뒤지고 있는 걸 발견했습니다.”

전환기관에서 차우진과 박상혁 회장의 전환을 연

기한다고 발표한 이후 나흘 만에 벌어진 일이었다. 경찰과 검찰의 수사관들은 비어 있던 김무열의 옆집에서 대기하고 있었다. 수사 드라마의 열렬한 팬이었는지 옆집 주인은 수사에 적극적으로 협조해주었다. 잠복 3일 차에 웬 남자들이 김무열의 집에 몰려 들어가자 대기하던 수사팀이 112에 자진 신고를 하고 그들을 덮쳤다.

주승우는 손가락으로 경찰이 아닌 쪽을 가리켰다.

"경찰은 이들을 불법 주거 침입 혐의로 체포해 경찰서까지 이송하려 했습니다. 그 과정에서 체포에 불응하고 도망치려 했습니다."

주승우는 다음 영상을 틀었다. 남자들이 지하 주차장을 가로지르며 달리고 있었다. 경찰들이 고함을 지르며 그들을 뒤쫓았다.

"뭔 배짱인지 모르겠습니다. 금방 잡히기는 했지만요."

경찰과 함께 수사에 참여했던 임호가 순식간에 뛰어가 남자들을 하나둘 때려눕혔다. 특전사 출신이라 체력과 근력은 웬만한 남자들보다 좋았다.

"경찰서에서 신원을 조회해보니까 참 이색적인 곳이더군요. 처음에는 심부름센터라고 했는데 알고 보니까 대일 그룹 직원이라네요. 무슨 비서팀인가?"

드라마에서 보던 더러운 일을 대신 해주는 비서팀이 실제로 있다는 데 주승우는 실소를 지을 수밖에 없었다. 하지만 그들은 박상혁 회장이 꾸민 일의 진상은 몰랐다. USB를 찾으라는 지시를 받고 김무열의 집에 침입했을 뿐이었다. 이런 일은 아는 사람이 적을 수밖에 없었다. 김무열은 초조한지 계속 입술을 핥았다.

"뭘 기다리는지 모르지만 아마 오지 않을 겁니다. 그쪽도 지금 정신이 없을 거거든요."

김무열의 집에 침입한 남성들을 신문한 결과 죽은 박상혁 회장을 대신해 그의 손발 노릇을 사람을 알아낼 수 있었다. 일명 백 비서라고 불리는 이로 박상혁 회장의 운전기사로 시작해 자질구레한 일들을 처리하며 심복이 된 이였다. 경찰은 그를 박상혁 회장의 살인을 청부한 혐의로 긴급 체포했다. 검찰은 이를 바탕으로 추가적인 증거를 확보하기 위해 대일 그룹 본사를 압수 수색했다.

"지금 대일 그룹의 신임 회장, 죽은 박상혁 회장의 아들은 이 사건에 대해 모르고 있던데요. 아, 알고는 있는데 비교적 최근에 알게 되었습니다."

체포된 비서는 회장이 전환될 방법이 아예 사라졌

다고 생각했는지 박상혁의 범죄 행위를 실토했다. 그에 따르면 김무열의 집을 뒤지게 한 것은 현 회장이었다.

대일 그룹의 신임 회장은 수상한 메시지 한 통을 받고 박상혁이 꾸민 일에 대해서 알게 되었다. 첨부된 음성 파일에는 죽은 박상혁과 김무열의 대화가 담겨 있었다. 이후 백 비서를 추궁하면서 아버지의 범행을 알았다.

"효자라도 아버지가 자기 살자고 타인의 목숨을 노렸다는 사실을 알면 기가 차겠지요. 하물며 대일 그룹은 가족 관계가 험악한 것으로 알려졌습니다."

신임 회장에게 이 사건은 대일 그룹에 씌워질 커다란 리스크에 지나지 않았다. 아버지가 전환에 성공하더라도 자신의 경영에 간섭할 게 뻔했다.

"나한테 원하는 게 뭡니까?"

주승우가 이야기하는 동안 내내 입술만 핥던 김무열이 입을 열었다.

"녹음 파일 원본 넘겨주시죠."

"내가 그걸 왜 당신한테 넘기지? 그게 내 생명줄인데."

"생명줄이라뇨. 제 생각에 그건 당신의 명줄을 끊

을 물건인데요.”

“무슨 소리야?”

“대일 그룹 회장한테 음성 파일을 보낸 직후 수색을 당하지 않았습니까?”

“…….”

“저희 쪽에서 한 거 아닙니다. 대일 그룹 쪽의 청부를 받고 움직인 직원은 모두 징계를 받을 겁니다. 하지만 그 일로 아셨겠지요. 교도소에 들어가도 안전하지 않다는 거요.”

“…….”

“놓기 힘드신 거 알고 있습니다. 박상혁 회장의 전환이 유예된 이상 당신이 이 거래에 응하면서 얻고 싶던 것은 얻지 못합니다. 당신의 거래는 박상혁 회장이 살아 있다는 가정에서 출발하니까요. 아무리 현 대일 그룹 회장을 협박해봤자 얻을 게 없을 겁니다. 오히려 당신의 입을 막으려고 하겠군요. 돈으로 당신을 매수하거나 아니면 당신이 차우진을 고용한 것처럼 범죄자를 고용하거나. 어느 편이 더 리스크가 적을까요? 사업가인 만큼 잘 판단하시리라 봅니다.”

“만약 음성 파일을 넘긴다면 나를 보호해줄 수 있는 건가?”

"대한민국의 증인 보호 프로그램이 아직 시행 초기이긴 하지만 교도소에서 살해될 일은 없을 겁니다. 애초에 이미 수사가 시작되었고 언론에서 보도되면 대일 그룹은 죽은 박상혁 회장의 범행과 선을 그을 겁니다. 그런 상황에서 당신이 갑자기 죽으면 언론은 대일 그룹을 의심할 테고, 경찰과 검찰도 자신들을 농락한 대일 그룹을 가만두지 않겠지요. 새 수사가 시작되면 검찰과 법원은 당신이 중요한 증거를 제보한 점을 반드시 기억할 겁니다."

김무열은 두 눈을 감고 생각에 잠겼다. 오늘은 구치소장에게 미리 양해를 구해 면회 시간이 넉넉했다. 마침내 김무열이 결정을 내렸다.

"원래 회장을 납치해서 데려오게 했던 공장. 거기 안쪽 방에 있는 드럼통."

주승우는 김무열이 불러준 내용을 윤준헌과 김경호에게 문자로 보냈다. 주승우가 자리에서 일어났다.

"협조 감사합니다. 오늘 우리가 이야기한 내용은 꼭 지켜질 테니까 걱정하지 마시고요."

김무열은 주승우의 말에 아무 대답도 하지 않았다. 주승우도 대답을 기대하지는 않았다. 인간의 뇌는 예상한 이익을 얻지 못할 때 강렬한 스트레스를 받는다. 지금 그는 박상혁 회장과의 거래로 얻으리라 기대했던 것들을 하나둘 포기하는 것이다. 이제는 목숨이라도 건진 것을 감사하게 여겨야 할 처지였다.

저번과 달리 이번에는 오래 기다려야 했다. 임호는 주승우가 차에 오르자 보던 영상을 정지시켰다.

"가신 일은 잘되셨습니까?"

"저번이랑 똑같이 말한 거 알아?"

"그랬습니까?"

"아냐, 그게 뭐 중요하다고."

주승우는 자동차 안전띠를 맸다.

"시간이 길어져 설득이 오래 걸리나 싶었습니다."

"얻어낸 정보는 있는데 이게 쓸모 있는지는 확인을 해봐야겠지."

그때 주승우의 휴대폰에 메시지가 하나 전송되었다. 윤준헌이었다.

"빠르네."

—증거 확보 완료. 재생까지 바로 해봄.

이 증거를 기반으로 전환기관은 차우진과 박상혁의 전환을 중지시키고 수사를 재시작하는 전환 재심사를 청구할 것이다. 대외에는 경찰과 검찰이 앞서 진행된 수사에 의문점이 생겨 추가 조사를 하는 과정에서 이번 범죄의 혐의점을 발견하고 전환기관에 재심사를 요청했다고 발표할 것이다.

긴장이 풀린 주승우가 기지개를 켜며 말했다.

"사건 해결!"

"고생하셨습니다, 선배님."

임호도 입술을 슬쩍 올리며 웃었다.

"너도 고생했다. 얼굴에 상처도 났었는데."

임호는 김무열의 집에 침입한 대일 그룹 직원들을 제압하는 과정에서 얼굴을 다쳤다. 주승우가 걱정했지만 본인은 오랜만에 재미있었다며 씩 웃었다. 기관에 복귀하지 말고 바로 퇴근하자는 말에 더욱 기분이 좋아진 듯 임호는 운전하며 콧노래까지 흥얼거렸다. 주승우는 김무열이 요구한 사항을 윤준헌과 김경호에게 공유해주었다. 새로 전담 수사팀이 꾸려지고 두 사람이 합류할 예정이었다. 휴대폰으로 문자를 입력하는데 임호가 말을 했다.

"그런데 궁금한 게 있습니다."

"응, 네가? 뭐가 궁금한데?"

"이번 사건 말입니다. 복잡하게 납치를 계획하느니 그냥 음주 운전자를 섭외해서 박상혁한테 돌진시키면 되지 않았을까요? 선배님이 이 사건을 수상하게 보신 이유도 괜히 복잡하게 일을 꾸며서 그런 거잖습니까."

"흠, 그렇긴 하네."

주승우는 잠시 생각을 정리하고 말했다.

"아냐. 그렇지 않아. 음주 운전자는 리스크가 커. 일단 차우진과 다르게 음주 운전자는 자신이 어떤 일을 하는지 정확히 알고 있어야 해. 그러면 전환형에 대한 두려움 때문에 재판 도중에 거래를 실토할 수 있겠지. 따라서 박상혁을 죽일 사람은 자신이 무엇을 당할지 몰라야 해."

"그러면 박상혁이랑 김무열은 왜 차우진을 골랐을까요?"

"글쎄, 박상혁 회장은 대외적으로 인격이 온후하다고 평가되더군. 어쩌면 양심 같은 거 때문일지도 몰라. 누군가의 목숨을 희생해 자기 목숨을 구하려 할 때 기왕 사람 같지도 않은 쓰레기를 고르고 싶었는지도."

그리고 박상혁의 안목은 탁월했다. 차우진은 길 한복판에서 골프채로 사람을 죽였다. 옳은 사람을 골랐다는 걸 박상혁은 끔찍한 방식으로 확인한 셈이었다.

차우진은 이제 어떻게 될까. 수사를 새로 진행한

다면 전환형만은 모면할 것이다. 그렇더라도 사람을 잔혹하게 살해한 것은 사실이었고, 못해도 수십 년 이상의 징역형이 선고될 것이었다.

"뭐랄까, 건방지네요."

임호가 나지막이 말했다. 박상혁을 가리키는 말이었다.

"그렇지. 아주 건방진 놈이었지."

주승우도 임호의 말에 동의했다. 이 일을 하면서 별일을 다 겪는군, 하고 생각할 따름이었다.

선샤인의 완벽한 하루

오늘 같은 시대에도 사람은 사람을 죽게 한다. 주승우는 어제 한 사람을 전환했다. 전환 대상자인 남성은 낮부터 만취 상태로 자동차를 운전하다가 인도로 돌진해 초등학교 1학년 아이를 사망에 이르게 했다. 차에서 나와 아이가 사망한 사실을 확인한 후, 운전자는 시신을 데리고 현장에서 벗어나려 했다. 주변 시민들이 제지하자 시신을 포기한 채 자동차를 몰고 현장을 떠나려 했다. 곧 신고를 받고 출동한 순찰차와 근처 시민들이 자동차로 그를 막아섰다. 유동 인구가 많은 시간이었고 주변에 있는 CCTV에 그 상황이 고스란히 찍혔다.

교통사고로 인한 사망 사고에 전환형을 구형하는 일은 여전히 많은 논란이 따른다. 하지만 이 사건의 경우는 전환 대상자에게 불리한 정황이 많았다. 음주로 인한 심신 미약이 감형 사항에서 사라진 지도 몇 년 되었다. 대낮에 일어난 사건이었으며 아이의 시신에 손을 댄 것은 최근 이어지는 흉악범의 시신 훼손을 떠올리게 했다. 검사는 이를 전환형을 회피하려는 시도라고 주장했다. 운전자는 그저 아이를 병원에 데려가려 했다고 말했다. 판사도 검사의 주장을 인정하지 않았다.

운전자의 변호사는 무엇보다 전환형은 피하려 했다. 그는 판례를 통해 죽은 아이의 부모와 합의가 필요하다는 것을 알고 있었다. 부모가 선처한다면 전환형 선고는 피할 수도 있었다. 운전자는 변호사의 충고에 따라 부모에게 찾아가 무릎을 꿇고 빌었다. 아이의 엄마는 그런 운전자를 떨리는 눈으로 바라보다가 말했다.

"아저씨, 만약에 예전이었다면 저희를 이렇게 찾아오셨을까요? 법원에 앉아 카메라나 보면서 미안하다고 하셨겠죠."

운전자는 아니라고, 진심으로 미안하다고 말했다. 아이의 엄마는 온몸을 떨면서도 명확하게 말했다.

"아니에요. 미안할 필요 없어요. 반성도 안 하셔도 돼요. 그냥 내 아들만 돌려주면 돼요."

그때부터 운전자도 몸을 떨기 시작했다. 아이의 엄마가 쐐기를 박았다.

"몇 번을 찾아오셔도 소용없어요. 그러니까 아저씨 몸 간수 잘하세요. 아저씨가 덜컥 죽기라도 하면 우리 아들은 영영 못 돌아오는 거예요."

주승우는 이 이야기를 운전자의 입을 통해 들었다. 6개월 동안 진행된 재판 결과 그에게 전환형이 선고되었다. 운전자는 전환기관에서 신문 내내 울기만 했다. 주승우는 필요한 게 있는지를 물었다. 운전자는 이따금 뭐라고 중얼거릴 뿐 아무 대답 없이 눈물만 흘렸다.

"내가 그때 왜 술을 마셔서……."

이 운전자에게 음주 운전이란 그저 나쁜 습관 같은 것이었다. 사람들이 좋지 않은 일이라고 손가락질하니 다시는 하지 않아야지 생각하면서도 결국은 다시 술을 마시고 운전대를 잡는다.

운전자와 전환된 아이의 몸은 매우 양호했다. 아이는 불행하게도 사고가 일어나던 순간을 기억하고 있었다. 어쩌면 남은 평생을 자동차를 두려워할지도 모른다. 부모는 부활한 아이를 믿을 수 없는 눈으로 바라보다가 웃음과 눈물을 보이며 껴안았다. 반면 운전자의 가족은 침울한 얼굴로 시신을 인수했다. 전환기관은 전환자와 전환 대상자의 가족이 절대 마주치지 않게 한다. 한 장소에서 기쁨과 절망, 슬픔과 침울이 뒤섞이는 걸 지켜보면 묘한 기분이 든다.

수화기 너머에서 들려오는 목소리는 이상하게 질척이고 끈적거렸다. 주승우는 목소리만으로 전화를 건 이의 불안한 정신 상태를 파악할 수 있었다. 건너편에서 다시 목소리가 들려왔다.

"제가 대신 죽을게요. 그러니까 우리 오빠 살려주세요."

"네? 그게 무슨 소리입니까?"

사무실 전화기였다. 조금 이른 시간에 출근하니 아무도 없는 텅 빈 사무실에 전화가 울리고 있었다. 주승우는 별생각 없이 수화기를 들었다.

"선생님, 도움이 필요하다면 관련 부처의 연락처를 알려드리겠습니다."

"……."

수화기 너머에서는 아무 말이 없었다. 그렇게 전화가 끊겼다.

"선배님, 뭐 하십니까?"

"이상한 전화가 왔어."

주승우가 방금 받은 전화에 대해 설명하자 임호가

알 만하다는 듯이 한숨을 쉬었다.

"선샤인 팬들이네요."

"선샤인? 그게 누군데?"

"가수입니다. 좀 유명한 가수예요. 얼마 전에 미국에서 공연도 했는데."

"나는 잘 모르는데, 근데 선샤인 팬이 왜 그런 전화를 했지?"

주승우의 대답에 임호는 뜨악한 표정으로 말했다.

"뉴스도 안 보세요? 어제 선샤인이 교통사고로 죽었잖습니까."

가수 선샤인, 본명 이승호가 사망했다.

어젯밤 11시경 강남 논현동에 위치한 W클럽에서 지인과 소속사 직원들과 함께 미국 공연이 성공적으로 끝난 것을 기념하는 파티를 열었다고 한다. 선샤인은 오후 10시경 주변 지인들과 자리를 옮기기로 하고 클럽을 나섰다. 평소 선샤인은 술을 좋아하지 않았고 그날도 술은 입에도 대지 않았다. 선샤인의 차는 제한속도를 넘겨서 달리다가 어느 순간 가드레일에 부딪히고 말았다. 고가의 외제 차 앞 범퍼가 완전히 박살났을 정도였다. 선샤인과 같이 자택으로 가기로 했던 매니저가 바로 뒤에서 따라와 사고 직후 119에 신고

했지만 구급대가 도착했을 때 선샤인은 이미 사망한 뒤였다. 선샤인은 안전띠를 매지 않은 상태였다고 한다. 안전띠를 맸다면 심해봐야 중상 정도로 죽지는 않았을 것이다.

선샤인의 죽음은 새벽에 언론을 통해 처음 보도되었고 아침 뉴스에서 본격적으로 다루어졌다. 보도가 시작되고 전환기관에 자기를 전환해 선샤인을 살려 달라는 전화가 계속해서 걸려왔다. 그 때문에 업무가 진행되지 않을 정도였고, 모든 사무실이 외부와 연결된 전화선을 단절해야 했다. 유명인이 자살하거나 교통사고로 사망할 때마다 반복되는 일이었다. 뉴스를 보고 사건에 대해 알게 된 주승우는 단순한 사고사로 여겼다. 전환기관은 죽음과 관련된 일을 하지만 모든 죽음에 관여하지는 않는다.

주승우는 서울 강남경찰서를 방문했다. 다른 건 때문이었지만 지난번에 박상혁 회장 건으로 같이 손발을 맞췄던 윤준헌에게도 얼굴을 비쳤다. 두 사람은 잠깐 나와 서로 근황을 이야기했다. 윤준헌은 지난 사건으로 표창까지 받았지만 남들 몰래 전환기관과 공조한 일로 동료들에게 뒷말을 듣는다고 했다.

"조직이란 게 참 피곤하죠."

주승우의 말에 윤준헌이 한숨을 내쉬었다. 복귀할 시간이 된 주승우를 윤준헌이 배웅했다. 두 사람이 입구까지 내려갔을 때 경찰서 앞에 진을 치고 있는 기자와 촬영 기사들, 그리고 그들을 통제하는 경찰들을 발견했다.

"아니, 기자들이 이렇게 많아요?"

"웬 가수 하나가 사고로 죽은 줄 알았는데 과실치사로 사망한 정황이 발견되었어요. 동승자가 범인으로 유력하다는데 그 조사가 오늘일 겁니다."

윤준헌의 말이 끝나는 순간 입구 쪽이 소란스러워졌다. 누군가가 "나왔다!"라고 소리쳤다. 경찰서 안에서 모자를 깊게 눌러쓴 여자가 경찰들의 호위를 받으며 나타났다. 기자들이 여자에게 휴대폰을 들이대며 질문했다. 기자가 아닌 사람들은 여자를 향해 소리쳤다. 경찰들은 몰려드는 사람들을 온몸으로 막아서며 여자를 대기 중인 차에 태우려고 했다. 소란은 경찰들이 여자를 차에 태우고 나서야 끝났다. 주승우와 윤준헌은 경찰서를 배경으로 준비한 멘트를 읽는 리포터와 기자들을 지나 주차장으로 걸어갔다. 그때 한지혜가 주승우에게 말을 걸어왔다.

"안녕하세요, 주승우 요원님. 옆에 계신 분은 초면이군요."

주승우와 윤준헌이 동시에 눈을 동그랗게 떴다. 날씨가 더워 옷소매가 점점 짧아지는 계절이었다. 한지혜는 전환된 신체가 치유되면서 생긴 흉터가 온몸에 남아 있었다. 언뜻 붉은 띠를 두르고 있는 것처럼 보였다. 애초에 한지혜는 어디를 가도 눈에 띨 외모이기도 했다.

"변호사님이 왜 여기에 있습니까? 저 기자들처럼 선샤인 때문에 오신 겁니까?"

"선샤인 때문은 맞는데 정확히는 반대쪽 때문에 왔습니다."

"반대쪽이요?"

"방금 차에 탄 여자요. 선샤인을 죽인 혐의로 조사받았습니다. 제가 그분 변호사예요."

한지혜는 잠시 시간이 있느냐고 물었다.

"그건 또 왜 물으십니까?"

주승우의 물음에 한지혜는 멀뚱히 쳐다보았다.

"당연히 요원님 업무와 관련된 것 때문이지요."

카페에서 손님들이 한지혜의 흉터를 보고 흠칫 놀

랐다. 그녀는 그런 시선을 신경 쓰지 않는 모양이었다. 한지혜답다고 할까. 그녀는 곧장 본론으로 넘어갔다.

선샤인의 사고가 있던 날 차에 동승자가 있었다. 김명은, 24세. 신인 배우로 최근 여러 드라마에 연달아 출연했다.

"아까 경찰서에서 나온 여자분이요."

"김명은 씨가 제 업무와 관련되었다는 겁니까?"

한지혜는 새로 밝혀진 사실들을 풀어놓기 시작했다. 사건은 처음에 단순한 사고로 여겨졌다. 그러다 선샤인의 시신을 부검하면서 수상한 정황이 발견되었다. 가슴에 공격당한 타박흔이 남아 있었다. 무엇보다도 사고 당일 선샤인이 차를 정상적으로 운전하지 않은 정황이 있었다.

"통행량이 많은 도로에서 일어난 사고라 목격한 증인이 많았어요. 선샤인과 김명은 씨가 탄 차가 계속 휘청거렸다더군요. 음주 운전으로 신고한 사람이 있을 정도였어요."

"선샤인이 술을 마신 상태였습니까?"

한지혜는 고개를 저었다.

"아니요. 선샤인에게서 알코올은 측정되지 않았습니다. 약물에 취한 상태가 아니었냐는 찌라시 기사도 있지만 그건 아니에요. 선샤인의 몸은 깨끗했습니다."

"그렇다면 운전 미숙으로 사고가 났다는 건데 그게 문제가 됩니까?"

"새로운 증언이 나왔거든요. 선샤인이 하도 이상하게 운전하기에 어떤 차가 옆에서 운전석을 들여다봤다고 해요. 어둡긴 했지만 창문이 열려 있어 실루엣은 확실히 보였다고 증언했어요. 동영상까지 찍었다더군요."

"어떤 장면이죠?"

"조수석에 탄 사람이 운전석에 탄 사람을 공격하는 장면이요."

"……."

"조수석에 탄 김명은 씨가 운전하는 선샤인을 공격했다는 얘기죠. 문제는 여기에서 끝이 아니에요."

"또 뭐죠?"

"사고를 수습하고 구급차로 김명은 씨를 이송하는데 구급 요원들이 보기에 김명은 씨의 몸 상태가 이상했나 봐요. 혈액 검사를 했는데 마약 성분이 검출되었다고 합니다."

"일이 묘하게 진행되는군요."

운전을 방해해 사고를 일으켰고 그 때문에 사망

사고가 일어났다. 만약 그 책임이 오롯이 김명은에게 있다는 수사 결과가 나온다면 전환형까지 선고될 상황이었다.

"경찰은 김명은에게 사고를 일으킨 책임이 있는지를 조사하고 있어요. 개인적으로 재판까지 갔을 때 최악의 경우에는 전환형까지 선고될 것으로 생각합니다."

"저는 그렇게 생각하지 않습니다. 전환형 선고의 조건은 책임이 명확해야 한다는 것입니다. 김명은 씨는 약물에 취해 심신 미약인 상태였을 텐데요. 그 점이 고려되면 재판부에서도 판단이 달라질 거예요."

"요원님에게 할 말은 아니지만, 법조인들은 전환형 제정을 탐탁지 않아 했어요. 거부감은 둘째 치고 판례가 없어 재판에서 판결이 어떻게 나올지 예상할 수 없었거든요."

"법은 정해졌고 그 안에서 판결이 나오겠지요."

주승우의 말에 한지혜가 고개를 저었다.

"책임주의. 이 말은 너무 많은 범위를 포함하고 있어요. 살인마에게 살해당하는 일은 아무에게나 일어나는 일이 아니에요. 대부분은 이번 사고처럼 갑작스럽고, 예상 못 했을 때 일어나죠. 만약 김명은 씨가 스스로 마약을 투여했다면 법원에서는 사고를 김명은 씨가 유발했다고 판단할 수도 있겠죠.”

살인마에게 살해당했다는 것은 본인의 이야기였다. 대담함이랄까 아니면 무감각함이랄까. 한지혜를 여러 번 보아온 주승우에게도 놀라운 모습이었다.

주승우는 슬슬 본론으로 넘어가고 싶었다.

“변호사님, 저를 부르신 이유가 무엇입니까? 전환형의 맹점을 이야기하시려는 건 아닐 테고요.”

“맞아요.”

한지혜는 뜸을 들였다.

“저는 이 사건이 김명은 씨에게 온전히 책임이 돌아가도록 조작되었거나 그렇게 되어가고 있다고 생각해요. 조직적인 움직임도 있고요. 일을 꾸민 것은 선샤인의 소속사입니다. 김명은 씨를 전환해 선샤인을 부활시키기 위해서이죠. 그 일은 당신의 업무 범위에 해당하고요. 그렇지 않나요? 전환기관 특수감찰부 감찰관 주승우 요원님.”

“제 직책명도 아셨습니까?”

“제가 여기저기에 아는 사람이 많아서요.”

“그 직책으로 제가 무슨 일을 하는 줄 아시고.”

“전환을 이용하려고 개수작을 부리는 놈들을 잡

는 게 일 아니신가요?”

그 말에는 주승우도 웃을 수밖에 없었다.

“개수작이라, 맞는 말이군요.”

문득 시계를 본 주승우는 자리에서 일어났다. 시간을 많이 지체했다. 기관에 복귀하려면 지금 출발해야 했다.

“혹시 제가 수사기관에 먼저 어떤 압력을 행사하길 원하셨다면 잘못 생각하신 겁니다.”

“방금 요원님도 말씀하셨네요. ‘먼저’라고. 수동적이기는 하지만 수사에 관여할 수도 있다고 인정하신 셈이네요.”

“못 당하겠군요.”

주승우는 고개를 설레설레 저었다.

“그래서 조사 안 하실 건가요?”

“필요한 연락은 저번에 남기신 번호로 하면 되겠습니까?”

“그래주시면 됩니다.”

어떤 사건이 일어났을 때 사건 당사자의 이해관계를 살펴보는 것은 사건 수사의 기본이다. 인간 세계는 수많은 이해관계가 얽혀 있으며 누군가의 죽음은 막

대한 손해로 혹은 이익으로 이어지기도 한다. 이번 사건에서 선샤인의 갑작스러운 죽음으로 막대한 손해를 입은 곳은 당연히 선샤인의 소속사다. 선샤인은 10대에 남자 아이돌 그룹 멤버로 데뷔한 뒤 성공 가도를 달려왔다. 그룹에 소속된 시절에도 작사 작곡을 직접 하는 것으로 유명했으며 솔로 가수로 데뷔한 뒤로도 성공적인 활동을 이어갔다. 얼마 전에는 미국 공연을 성황리에 끝마쳤다. 연예계의 경쟁이 치열하지만 그에게는 무한한 잠재력이 남아 있었다. 선샤인이 부활하기를 바랄 곳이 있다면 선샤인의 가족, 그리고 소속사였다.

간단한 검색만으로 한지혜가 말한 '조직적인 개입'을 한 곳이 어디인지 알 수 있었다. 평소 연예인 가십을 주로 보도하는 한 언론사가 선샤인의 사망 사건에 의문을 제기했다. 단독, 특종이라는 머리말을 달고 보도된 기사는 사건을 수사하는 경찰이나 사건 당사자가 아니면 모르는 내용도 있었다. 경찰에서 수사 내용을 유출했을 수도 있지만 주승우는 그 가능성은 접어두었다. 이해관계에서 경찰이 수사 내용을 유출했을 때 얻을 이익은 별로 없었다. 일선 형사가 정보를 유출했다가 감찰에 적발되면 불이익을 받는다. 그런 위험을 무릅쓸 경찰은 별로 없다. 김명은의 경우도 마찬가지다. 언론에 보도된 정보들은 김명은에게 극히 불리했다. 김명은이 전환될 위험을 무릅쓰고 사건 정보를 흘릴 이유도 없었다. 정보를 흘린 것은 소속사였다.

그렇게 결론 내리니 강남경찰서에 기자가 많았던 것도 이해가 되었다. 음모론은 항상 인기가 있는 법이다. 거기에 김명은은 배우답게 미인이었다. 최근 마약 범죄가 급증하면서 마약에 대한 경각심도 커졌다. 사고 당시 김명은이 마약에 취해 있었다. 톱스타를 죽인 치명적인 미인. 언론사가 좋아할 만한 소재였다.

소속사가 이런 여론을 형성한 건 선샤인을 되살리기 위한 밑 작업이기도 했지만 김명은의 변호인 선임을 어렵게 만들기 위한 것으로 보였다. 전환형 제정 이후 교통사고로 사람이 사망한 사건은 법원의 판결에 따라서 사람의 생사가 갈리기도 한다. 그러다 보니 교통사고를 전담하는 변호사들, 그중에서 승소 판결을 받은 변호사의 몸값이 천정부지로 올랐다. 단순한 사고사라면 김명은은 사고 피해자다. 하지만 사고를 일어나게 한 범인이라면 사건 피의자가 된다. 그 차이만으로 소송 비용의 규모는 완전히 달라진다. 김명은이 아무리 주목받는 배우더라도 그래봐야 20대 초반의 여성이다. 최소 몇억에서 최대 수십 억에 달하는 비용을 지불할 능력은 없을 것이다. 소속사의 행태는 악의가 느껴질 정도였다. 다만 이 부분은 한지혜가 변호사로 선임되면서 무력화되었다.

파고들수록 흥미로운 정황이 여러 개 있었다. 김명은에게 불리한 정황은 그렇다 치더라도 핵심적인 증거가 없다는 것이 이상했다. 요즘은 차마다 블랙박스 하나쯤은 달아둘 텐데 어느 기사를 살펴봐도 선샤인의 차에 있던 블랙박스에 관한 이야기가 없었다. 차 내부가 녹화됐다면 그것만큼 핵심적인 증거는 없다.

주승우는 손가락 끝으로 탁자를 두드리다가 휴대폰의 연락처 목록에서 윤준헌을 찾아 전화를 걸었다.

"안녕하세요, 형사님. 죄송합니다만 부탁 하나만 드려도 될까요?"

넉살 좋게 통화하는 주승우를 옆자리에 있던 임호가 이상하다는 눈으로 쳐다봤다. 주승우는 빠르게 본론으로 넘어갔다.

"선샤인이라는 가수 사건 때문입니다."

두 시간 뒤에 윤준헌 형사에게서 연락이 왔다.

"그 가수가 하도 이상하게 운전을 해서 증인이 많았습니다. 요즘 세상에 그렇게 운전하는 사람이 어디에 있어요. 블랙박스 덕분에 영상 제보도 많았고요."

조수석에 탄 사람이 운전석을 공격했다는 사실은 여러 증거를 고려해 판단한 진실이었다. 경찰도 김명은이 선샤인을 공격했고, 그것이 사고가 난 중요한 원인이라고 파악하고 있었다. 형사의 설명을 듣던 주승우가 궁금했던 부분을 물었다.

"차에 블랙박스가 없었습니까?"

"저희도 그것부터 확인하려고 했는데 메모리칩이 없었다고 합니다. 매니저한테 물어보니까 최근에 선샤인이 블랙박스를 AS센터에 맡겨야 하는데 미국 공연 때문에 수리업체에 맡길 타이밍을 놓친 것 같다고 말했답니다."

너무 공교롭다고 생각했지만 주승우는 말하지 않았다.

"조수석에 있던 여자가 운전을 방해해서 사고를 냈고 그렇게 결론이 날 것 같기는 한데. 요즘 교통사고 판례가 워낙 뒤죽박죽이어서 수사하는 쪽에선 좀 걱정이 된다고 합니다. 괜히 생사람 잡으면 어쩌나 하더군요."

윤준헌이 한숨을 내쉬었다. 주승우는 살인마에게 살해당하는 일은 쉽게 일어나지 않는다던 한지혜의 말을 떠올렸다. 사망자 사건이 발생하면 일선 경찰들도 큰 부담을 지게 된다. 수사 결과가 잘못되면 엉뚱한 사람이 죽는다. 경찰들이 전환형 관련 사건에서 가장 경험이 풍부할 전환기관에 도움을 요청하는 이유였다.

"김명은 씨가 사고 당시 약물에, 그러니까 마약에 취해 있었다는데 그건 어떻게 된 이야기입니까?"

"아, 그거요?"

윤준헌의 목소리가 바뀌었다. 마약반 소속이니 김명은이 약물에 취해 있었다면 자연스럽게 관심을 가질 만했다.

"사실입니다. 다만 어쩌다가 마약을 투여받았는지를 기억하지 못하더군요. 애초에 술에 취한 상태였고 마약반에서 별건으로 수사를 진행 중입니다. 이미 용의자도 특정한 상태입니다."

주승우는 윤준헌에게 감사하다고 말했다.

"제 실적 챙겨주시는 거 같는 셈 치지요. 이번에도 업무와 관련된 겁니까?"

"네, 자세한 건 기밀입니다."

윤준헌이 웃었다. 주승우도 웃고 말았다.

"기밀이라니 무슨 국정원도 아니고 어이가 없죠?

너무 웃지 마시죠."

평소에 과묵한 편인 윤준헌은 한번 웃음을 터뜨리면 꽤 오래 웃기만 했다. 주승우도 그를 따라서 계속 웃었다. 무선 이어폰을 끼고 업무를 보던 임호가 주승우를 이상하게 쳐다봤다.

선샤인이 소속되었던 J엔터테인먼트는 서울 청담동에 위치했다. 퇴근 시간이 되면서 사옥의 창문에 불이 하나둘 꺼지고 직원들이 문을 나서기 시작했다. 주승우가 찾는 사람은 퇴근 시간을 십 분쯤 넘어 차를 타고 주차장에서 나왔다. 차량은 영상에서 본 것과 같은 종류였다. 주승우는 운전석에 있는 임호에게 말했다.

"저거야, 따라가자."

임호는 말없이 차를 출발시켰다.

사고가 일어난 밤에 찍힌 증거 영상은 너무나도 많았다. 사고 현장을 촬영한 영상도 있었다. 몇 개는 유튜브에 업로드되었고 언론사를 통해 자료로 활용되기도 했다. 언론에 보도된 영상에는 개인을 식별할 수 있는 정보는 모두 지웠지만, 유튜브에 올라온 영상에는 그대로 남아 있었다. 번호판까지 알 필요는 없었다. 차종 정도만 알아도 큰 도움이 되었다.

선샤인의 매니저 신진우는 가장 먼저 사건 현장에 도착한 인물이었다. 경찰에서 진술하길 선샤인, 김명은과 함께 선샤인의 집으로 자리를 옮기기로 했고 그 뒤를 따라가고 있었다고 한다. 언론에 공개된 사고 영상에서도 신진우의 모습을 확인할 수 있었다. 사고 차량 바로 뒤에 차를 세우고 누군가와 계속 통화하고 있었다. 119일 수도 있고 소속사일 수도 있다. 아니면 둘 다거나.

임호는 신진우의 차를 조심스럽게 미행했다.

"어떻게 차를 세우실지는 생각해보셨습니까?"

"집까지 따라가면 되지 않을까?"

임호는 한숨을 내쉬었다. 마침 신진우의 차가 골목을 벗어나 대로변으로 접어들었다. 두 사람이 탄 차도 대로변으로 진입했다. 임호는 곧 속도를 높여 신진우의 차를 따라갔다. 임호가 몇 대의 차를 순식간에 추월했다. 갑작스럽게 도로를 침범한 차를 보고 자동차들이 연달아 경적을 울렸다. 임호는 순식간에 거리를 좁히더니 신진우의 차 앞에서 차를 세웠다. 신진우가 차를 멈췄다. 도로는 분노가 담긴 경적으로 가득했다. 몇몇 운전자는 창문을 열고 임호를 향해 욕을 했다. 주승우는 참았던 숨을 토하며 손잡이에서 손을 뗐다.

"이렇게 하면 됩니까?"

"응, 잘했어."

주승우는 떨리는 손으로 안전띠를 푼 뒤 조수석 문을 열었다. 옆 차선을 지나가던 차가 주승우에게 욕을 퍼부었다.

마침 신진우도 문을 열고 차에서 내리고 있었다. 화가 많이 났는지 얼굴이 시뻘겠다. 그는 욕부터 쏟아 냈다.

"야! 어떤 개새끼가 운전을 이따위로 해!"

주승우는 신진우의 얼굴 앞에 요원증을 내밀었다.

"신진우 씨, 전환기관 특수감찰부 감찰관 주승우 라고 합니다. 잠시 물을 내용이 있어서 그러는데 시간을 좀 내주시겠습니까?"

그 말에 신진우의 얼굴이 삽시간에 굳었다. 붉었 던 얼굴이 빠르게 식었다.

민간인들은 죽음을 다루는 전환기관에 대해 막연 한 거부감과 그에 못지않은 두려움을 느낀다. 그러한 두려움은 전환기관에 의도하지 않은 권위를 부여하 기도 했다. 그런 권위가 적절하다고는 생각하지 않았지만 주승우는 써먹을 수 있을 때 마음껏 써먹는 편이었다. 비협조적인 민간인에게 기관의 권위란 유용하게 사용할 도구 중 하나였다.

신진우는 이야기를 나누자는 제안에 거부감을 표시했다. 경찰에 이미 다 말했다는 것이다. 주승우는 대놓고 떠보는 말을 건넸다.

"흠, 제가 아는 것과는 다르군요."

신진우의 얼굴이 다시 굳어졌다. 생각보다 더 심약한 사람이었다. 아니면 최근에 스트레스받는 일이 많았는지도 모른다. 결국 신진우는 회사 사람들이 볼 수도 있으니 자리를 옮기자고 했다. 장소는 신진우가 정했다. 다시 차에 올랐을 때 임호가 말했다.

"그냥 이렇게 가도 괜찮습니까?"

"괜찮아. 여기서 도망치면 의심받을 걸 알고 있을 거야."

그 말대로 중간에 임호가 신진우의 차를 놓쳤지만 신진우는 약속 장소에 먼저 도착해 있었다. 차에 기대서 담배를 피우고 있었다.

"이런, 담배는 끊으신 줄 알았는데 요즘 다시 피우시는군요."

"제가 담배를 끊은 줄 어떻게 알고……."

"다 아는 방법이 있지요."

싱긋 웃으며 말하는 주승우를 신진우는 질린다는 눈으로 쳐다봤다. 임호는 고개를 절레절레 저었다. 사전에 대상의 정보를 입수한 후 하나둘 풀어놓는다. 주승우가 사람을 압박할 때 자주 쓰는 방법이었다.

신진우는 주승우와 임호를 카페 안으로 안내했다. 펍을 겸한 카페는 음악 소리로 시끄러웠다. 주승우는 장소 선택이 나쁘지 않다고 생각했다. 주승우는 디카페인 아메리카노를, 임호는 카페라테를 주문했다. 신진우는 아무것도 주문하지 않았다. 신진우는 초조한지 몸을 움츠리고 손가락을 두드려댔다.

"그래서 어떤 일로 저를 보자고 하신 겁니까?"

신진우의 목소리가 떨렸다. 주승우는 단도직입적으로 말했다.

"차에 있던 블랙박스의 메모리칩. 당신이 숨겼죠?"

"……"

신진우는 말없이 두 손으로 마른세수를 했다.

"경찰에서 어떻게 진술했는지는 이미 알고 있습니다. 선샤인은 운전을 잘 안 해서 차를 관리하는 법을 전혀 몰랐다고 진술했지요. 그건 맞다고 해두지요.

하지만 저는 그게 계속 이상했어요. 전환형이 제정되고 교통사고가 났을 때 블랙박스만큼 중요한 장치는 없지요. 그런 중요한 장치가 없다? 아무리 차에 관심이 없더라도 좀 이상한 일입니다. 사고가 일어난 날. 당신은 119에 연락을 하고 소속사 사장과 통화했을 겁니다. 보고하는 게 당연하니까요. 그때 사장이 지시했겠지요. 블랙박스에 있는 메모리칩을 빼놓으라고요. 신진우 씨에게 직접 없애라는 말은 하지 않았을 겁니다. 아마 자기한테 가져오라고 했겠죠. 당신은 그걸 사장에게 줬고요."

주승우가 하는 말을 내내 조용히 듣던 신진우는 나지막이 중얼거렸다.

"다 추측이지 않습니까."

주승우는 신진우를 측은하게 바라봤다. 겁에 질려 온몸을 떠는 사람을 이렇게 몰아붙이는 것도 못 할 짓이다. 그러나 지금은 그래야 할 때였다.

"소속사 사장은 아마 이렇게 말했겠지요. 메모리칩을 넘겨주면 다 좋게 끝날 거라고. 정말 그렇습니까? 지금 당신 사장이 언론사에 사건 정보를 넘기면서 어떤 분위기를 조성하는지 몰라서 그럽니까? 김명은을 범인으로 몰아서 선샤인을 전환해 부활시키려는 걸 당신은 모르겠습니까? 그렇게 되면 김명은이 죽습니다."

신진우는 숨이 막히는 것 같았다. 겁에 질렸고 무언가 말하려고 했지만 끝까지 말하지 않았다. 오랫동안 연예계에서 일하며 연예인들에 대해 함구하는 버릇 때문일 것이다. 주승우는 거기에 쐐기를 박아 넣었다.

"그날 밤 당신이 선샤인을 쫓아간 건 김명은이 걱정되었기 때문이지요?"

신진우는 어느새 눈이 붉어지더니 조용히 눈물을 흘렸다. 주승우는 그 모습을 모른 척했다.

"명은이가 사고를 일으킨 건 사실이지 않나요?"

주승우는 그 물음이 반론을 듣고자 하는 말이라는 걸 알아챘다.

"그 원인이 무엇이냐에 따라서 법원의 판결도 달라지겠지요."

신진우는 고개를 저었다.

"블랙박스에 뭐가 찍혔는지 저도 확인하지 못했습니다."

"소속사 사장에게 넘긴 건."

"사실입니다. 제가 한 건 그게 답니다. 사장이 이렇게까지 할 줄은 저도 몰랐습니다."

"그날 선샤인의 차는 왜 쫓아간 겁니까?"

주승우는 답을 알면서도 물었다. 신진우는 그때를 회상하는 듯 천장을 응시했다.

"두 사람은 그날 처음 만났습니다. 그런데 어느 순간 명은이가 의식을 잃었고 선샤인이 그 아이를 차에 태워서 데려가려고 했습니다. 무슨 일이 일어날지는 뻔했죠."

"선배님, 어떻게 아셨습니까?"

다시 차에 올랐을 때 임호가 물었다.

"뭐를?"

"신진우가 김명은 씨를 걱정해서 선샤인의 차를 쫓아간 거요."

주승우는 휴대폰에서 영상 하나를 틀었다. 임호가 슬쩍 화면을 보니 신진우와 김명은이 나란히 서 있었다.

"요즘 연예 기획사에서는 유튜브 채널을 운영하거든, 뭐 팬 서비스 차원이겠지. 거기에 김명은이 진행하던 콘텐츠가 있었어. 사무실에 있는 직원들을 소개하는 그런 코너였나 봐."

영상에서 김명은이 명랑한 목소리로 신진우와 대화를 나누고 있었다. 관계가 매우 좋아 보였다.

"애초에 김명은을 스카우트한 게 신진우였어. 신진우가 선샤인의 매니저가 된 건 생각보다 얼마 되지 않았지. 기껏해야 1년 정도? 그전에는 스카우트 담당이었던 거 같아. 김명은은 무명이던 자신의 재능을 알아봐준 신진우에게 항상 고마워했고. 신진우도 김명은을 좋게 생각했던 것 같더군."

영상은 올해 1월 즈음 같았다. 김명은과 신진우는 새해 목표를 이야기했다. 신진우는 작년 말부터 금연 중이라며 끝까지 잘되기를 바랐다. 김명은은 첫 작품에 캐스팅되었는데 거기서 좋은 연기를 하는 게 목표라고 말했다.

"그럼 각자 목표를 잘 이루자는 의미에서 파이팅 해볼까요."

"아, 그게 뭐예요. 나이 들어 보이게."

김명은은 곧 웃으면서 같이 외쳐보자고 했다. 그리고 두 사람이 웃음 섞인 목소리로 소리치기 시작했다. 그 소리가 자동차를 가득 채웠다.

강남경찰서의 취조실에서 주승우와 마주한 남자는 키가 크고 잘생겼다. 배우라고 하던데 주승우도 티브이 채널을 이리저리 돌리다가 한번 본 기억이 났다. 강남

등지의 클럽에서 마약을 판매한 혐의로 경찰에 체포되었다. 선샤인이 사망한 사고가 일어난 날 밤에 개최된 파티에도 참석했다고 한다. 김명은에게 투여된 마약의 출처도 그로 추정된다. 그를 두고 윤준헌이 말했다.

"마약 판매 건은 증거가 확실하니 인정했는데. 사고가 일어난 날 밤에는 보는 눈도 많고 그래서 자기는 마약을 팔지 않았다더군요. 너무 완강하게 부인을 해서 오히려 수상스럽다고 할까요."

그러니 한번 와서 만나보라는 말이었다.

"배우 박호연 씨. 나이는 29세. 마약을 판매한 혐의로 체포되셨네요."

"아저씬 뭐예요?"

박호연이 심드렁한 표정을 지으며 말했다. 이렇게 잡히고도 금방 풀려날 것으로 생각하는 모양이었다. 사회적 이미지가 중요한 배우가 마약상 노릇을 한 걸 보면 박호연은 허우대만 멀쩡한 등신이 분명했다. 주승우는 품속에서 명함을 꺼내 건넸다.

"전환기관 특수감찰부 소속 주승우라고 합니다."

"와, 전환기관이요? 죽은 사람들 살리는 거기?"

박호연이 분위기에 어울리지 않게 환하게 웃었다.

'기분이 오락가락하는군.'

정신적 산만함은 마약 중독자의 특징이었다.

"그런데 저를 왜 찾아왔어요?"

"물어볼 게 있어서요. 혹시 가수 선샤인 씨가 사망한 사건을 알고 계십니까?"

"아, 잘 알죠. 승호 그 새끼 평소에 안전벨트 하기 싫어했거든요. 경고음 울리는 게 싫어서 클럽인가 뭔가 꽂고 다녔어요."

실제로 사고가 난 선샤인의 차에는 안전띠 경고음을 멈추게 하는 불법 장치가 꽂혀 있었다. 선샤인이 안전띠를 맸다면 아직도 살아 있을 것이었다.

"그 사고로 선샤인 씨가 사망하셨죠. 제가 알아보니 두 분은 평소에 친분이 있었던데…… 충격이 그리 커 보이지는 않는군요."

박호연은 어깨를 으쓱거렸다.

"뉴스로 봤는데 김명은인가 하는 여자애가 사고를 일으킨 거 아니에요? 그러면 그 여자애가 전환되는 거 아닙니까? 승호 아직 안 죽었네."

박호연이 실실거리며 웃었다. 주승우는 차가운 눈으로 박호연을 바라봤다.

"그래서 말인데 사고가 일어난 날, 그날도 선샤인에게 약을 대주었습니까?"

"무슨 약이요? 아! 그날에는 안 팔았어요. 승호한테도 당연히 안 팔았고요."

"박호연 씨가 생각하기에 김명은 씨에게 투여된 약은 어디에서 난 것으로 생각합니까?"

"나야 모르죠. 김명은 개도 나 같은 약쟁이인 거 아니에요? 그날에도 제 버릇 못 버렸나 보죠. 약하는 애들은 다 똑같아요. 그런 날은 더 못 참고요."

"사고 당시 김명은 씨한테서 검출된 마약 성분은 케타민입니다. 보통 섭취자의 의식을 잃게 하는 약물로 일명 강간 약물이라고 불립니다. 마약은 보통 투여자의 쾌락을 위해 사용하는데 의식을 흐리게 하는 게 말이 된다고 생각하십니까?"

"뭐……?"

박호연은 갑자기 바뀐 분위기에 갈피를 잡지 못했다.

"네 집에서 발견된 마약 중에 케타민도 있었지. 그런데 계속 아니라고 뻔뻔하게 말하는군. 좋아."

"지금 무슨 말 하는 거예요?"

"너하고 이렇게 마주 앉은 게 시간 낭비라는 말이지. 아, 아예 낭비는 아니었군."

주승우는 자리에서 일어났다. 박호연이 그를 황당하다는 눈으로 바라봤다.

"아까 그날은 안 팔았다고 했지? 다른 날에는 선샤인에게 약을 팔았다는 거잖아."

"아냐!"

박호연이 소리쳤다.

"겁먹지는 말고. 박호연 씨, 오늘 나눈 대화가 경찰 조서에 쓰일 일은 없을 거야. 물론 얼마 지나지 않아서 혐의가 추가되겠지만 그게 오늘은 아니야."

주승우는 취조실의 문을 열었다.

이제 주승우는 사고가 일어난 날 밤에 무슨 일이 일어났는지를 알게 되었다. 해결할 방법도 생각해뒀지만 실행하기 전에 먼저 만나야 할 사람이 있었다.

주승우는 한지혜에게 연락했다. 김명은을 만나고 싶다고 하자 한지혜는 잠시 침묵한 후에 말했다.

"거절할 수도 있어요. 하지만 한번 설득해보겠습니다."

한지혜는 삼십 분 뒤에 문자 메시지로 만날 장소와 시간을 보내주었다.

김명은은 모자를 깊게 눌러쓰고 있었다. 초췌해 보였다. 사고의 상처가 다 낫지 않았는지 얼굴에는 거즈와 밴드가 여러 개 붙어 있었다. 배우 프로필 사진과 유튜브 영상에서 봤던 밝은 인상은 스러져 있었다.

"사고 당시에 무슨 일이 있었는지는 정말 기억나지 않아요. 그런데 경찰이랑 언론은 저를 범인이라 그러고. 사람들은 제가 사람을 죽였으니까 전환해야 한다고…….."

선샤인의 사고가 이슈화되고 김명은이 그 사건을 유발했다는 보도가 나온 이후 김명은을 전환해 선샤인을 살리자는 주장에 힘이 실렸다. 김명은에게 동정적인 여론도 없지 않았으나 선샤인의 팬들이 조직적으로 움직이며 그런 여론을 공격했다.

"이미 경찰에 많이 얘기하셨겠지만 그래도 다시 한번 말씀 부탁드립니다. 그날 밤 파티장에서 무슨 일이 있었습니까?"

김명은은 입술을 깨물었다. 그리고 잠시 후 침착하게 이야기를 시작했다.

"저는 8시 즈음에 다른 배우 친구들이랑 클럽에 갔어요. 솔직히 좀 신났어요. 제가 배우라도 연예인들을 그렇게 많이 본 건 처음이었거든요. 거기에 돈은 다 회사랑 선샤인…… 그 사람이 내준다고 했고요. 강남 클럽에서 그렇게 놀 수 있다는 게 신기했어요."

김명은이 막힘없이 뚜렷한 목소리로 말했다. 앞서

경찰에게 여러 차례 진술하면서 기억을 떠올렸을 것이다. 무엇보다도 그날 무슨 일이 일어났는지를 가장 알고 싶은 사람이 김명은 자신일 것이다.

"제가 술이 좀 약해요. 술 약속도 잘 안 잡고 클럽 이런 데도 잘 안 갔거든요. 그런데 그날은 신이 많이 났어요. 뭐랄까…… 내가 이렇게 잘난 사람들이랑 놀고 있다는 게 좋았던 거 같아요. 짜릿했어요. 그래서 평소보다 무리를 좀 했어요."

분위기에 취한 김명은은 주변에서 권하는 술을 한 두 잔씩 마셨고 어느 순간 의식을 잃을 만큼 취해 있었다. 주승우는 그 술잔 중에 케타민이 섞인 술이 있을 것으로 생각했다.

"하도 답답해서 같이 간 친구한테 물어봤어요. 어쩌다 내가 선샤인하고 같이 있게 되었냐고. 그 친구가 그러더군요. 제가 취해서 비틀거리니까 선샤인이 쓰러지지 않게 계속 도와줬다고요. 분위기가 나빠 보이지는 않았다고요."

연예인은 다른 이들의 선망을 받으며 동시에 타인의 시선에 구속된 존재다. 선샤인이 남들이 보는 데서 김명은에게 강압적인 모습을 보였을 리 없었다. 누구보다 친절하고 신사적으로 행동했을 것이다.

"그러고 나서 정신을 차리니까 병원에 있었어요. 다친 것도 다친 건데 곧 경찰이 오더니 저보고 사고를 일으킨 혐의로 조사를 받아야 한다더라고요. 회사에서는 다 제 잘못이라고 하고…… 저는 하루아침에 마약에 취해서 사람을 죽인 미친년이 되었어요……."

내내 침착하던 김명은이 평정을 잃고 조용히 눈물을 흘렸다. 옆에 앉아 있던 한지혜가 티슈를 건네주었다.

"듣기 괴로우시겠지만 마지막으로 묻겠습니다. 혹시 회사 동료들 사이에서 선샤인에 대한 어떤 소문을 듣지 못했습니까? 예를 들자면 여자관계라든가."

김명은은 이마를 찌푸리며 잠깐 생각하다 말했다.

"그러고 보니까 언젠가 배우 선배분이 그랬어요. 회사 남자 아티스트들이랑은 어울리지 말라고. 누구라고는 딱 말을 안 했는데 지금 생각하면 그 선배가 선샤인 포스터를 보면서 얘기했던 것 같아요."

"선샤인 관련해 제보할 게 있다고 해서 와봤는데 그게 요원님이었습니까?"

주승우는 고개를 갸웃거렸다. 주승우가 경찰과 검사 사이에서 발이 넓은 편이었지만 선샤인 사건의 담당 검사와는 오늘 처음 만났다.

"저를 아십니까?"

"네, 그 김경호 검사라고 아시죠? 그 친구하고 로스쿨 동기였습니다. 지난주에 오랜만에 밥도 같이 먹었습니다."

"법조계가 좁긴 하군요."

"한 다리 건너면 다 알게 되고 그러는 거죠."

갑자기 찾아온 주승우에게 경계심을 품을 만도 한데 검사의 태도는 다소 호의적이기까지 했다. 주승우가 김경호와 아는 사이인 것도 이유 중 하나겠지만 전환형에 대한 법조계의 복잡한 감정에도 불구하고 검사 중에는 전환기관에 호의를 가지는 경우가 많았다. 아무래도 전환기관이 살인에 대한 최상의 정의를 집행한다는 인식 때문일 것이다.

"사건 수사가 진행되는 상황에 전환기관의 요원이 찾아왔다…… 남들이 보면 좀 좋지 않은 상황인데요."

"기관에서 수사에 개입하려는 의도는 전혀 없습니다. 제가 개인적으로 판단하고 움직이는 일입니다."

검사는 다리를 꼬더니 흥미롭다는 표정을 지었다.

"일단 한번 들어보죠."

"사건 개요는 다 알고 계실 것으로 생각합니다."

"당연하지요. 개인적으로 선샤인의 팬이기도 하고요. 아…… 수사에 사심이 개입하는 일은 없을 겁니다."

"그럼요."

"이 사건의 핵심 쟁점은 아무래도 '김명은이 사고를 유발했다'이겠지요. 하지만 주변 자동차의 영상 증거에서 김명은이 운전 중인 선샤인 이승호 씨를 공격한 건 사실로 드러났습니다. 처음에는 이승호 씨가 음주 운전을 한 게 아닌가 싶었는데 그에게선 알코올이나 다른 약물의 흔적이 검출되지 않았습니다."

검사가 먼저 설명했다.

"그 부분은 저도 동의합니다. 사고 자체는 김명은 씨 때문에 일어난 것으로 생각합니다."

"그게 이상하다는 것 아닌가요? 저는 요원님이 김명은이 무죄라는 증거라도 가지고 있나 싶었습니다."

주승우는 고개를 저었다.

"저는 사고가 일어난 원인보다 김명은 씨가 왜 그렇게 행동했는지를 알아내야 한다고 생각했습니다."

"김명은이 선샤인을 공격한 이유요?"

검사가 눈썹을 찌푸렸다.

"검사님은 김명은 씨가 사고 당시에 약물, 그중에 케타민이라고 불리는 마약성 약물에 취한 상태였다는 걸 알고 계실 겁니다."

"케타민은 성폭행의 대상이 되는 여성에게 주입되는 약물이죠."

"맞습니다. 그리고 저는 선샤인이 김명은 씨를 성폭행할 목적으로 약물을 먹였을 거라고 생각합니다."

"수상하군요. 경찰이 수사 단계에서 이 점을 염두에 두지 않았나 보군요."

"수사의 방향성이 한번 잡히면 다른 가능성은 배제되기 마련이죠. 일단 경찰은 사고가 일어난 원인에 대해서는 확실히 밝혔으니까요."

"선샤인이 김명은에게 케타민을 먹였다는 증거도 없지 않습니까."

검사는 그날 밤 어느 순간 의식을 잃었다는 김명은의 진술을 떠올린 듯했다.

"맞습니다. 어쩌면 선샤인은 정신을 잃은 김명은 씨를 보고 걱정이 되었는지도 모르죠. 그래서 대단한 친절함을 발휘해서 그날 처음 만난 사람을 남양주에 있는 자기 집으로 데려가려고 했고요."

검사가 웃음을 터뜨렸다.

"성폭행범들이 단골로 하는 변명이군요. 네, 인정하겠습니다. 선샤인이 김명은을 성폭행하려 했다는 정황은 분명히 있습니다. 그 증거가 있습니까?"

"없습니다."

주승우는 짧게 말한 뒤에 설명을 이었다.

"선샤인의 차에 블랙박스 기록이 남아 있다면 중요한 증거가 되었겠지요. 하지만 블랙박스 메모리는 지금 소속사 쪽이 가진 것 같습니다. 아니면 폐기했던가요. 제가 합법적으로 증거를 얻을 방법이 없었습니다."

주승우는 녹음 파일을 재생했다. 선샤인의 매니저 신진우가 블랙박스 메모리칩을 소속사 대표에게 넘겼다는 진술이었다. 검사가 눈살을 구겼다.

"이 사람 선샤인과 김명은이 자리를 옮기기로 했다고 진술하지 않았습니까. 파일 내용이 사실이라면 허위 진술을 했군요."

"소속사 사장이 강요했겠지요. 업계 특성상 연예인의 사생활에 대해 함구하는 게 습성이었을 겁니다. 증거를 숨긴다는 데 거부감을 느꼈을 수도 있지만…… 불합리한 일을 겪었을 때 사람이 매번 올바른 대응을 하기는 힘든 일이죠."

검사가 한숨을 내쉬었다.

"선샤인 좋아했는데…… 그럼 요원님은 소속사가 선샤인이 김명은을 성폭행하려 했다는 정황을 숨기기 위해 메모리칩을 숨겼다고 생각하십니까?"

"그렇습니다. 그리고 그뿐이 아닐 겁니다."

"무슨 말입니까?"

"한두 번이 아닐 겁니다. 피해자가 더 있을 거예요. 그날 있었던 일은 일종의 루틴이었을 겁니다. 박호연이 공급해주는 마약을 표적이 된 여성에게 몰래 투약하고 의식을 잃은 피해자를 선샤인이 차에 태워 데려갔죠."

검사는 실소를 터뜨렸다.

"거참⋯⋯."

"그게 아니라면 메모리칩을 은폐할 이유가 없습니다. 오히려 김명은 씨의 범행을 증명하는 강력한 증거가 되었을 텐데요."

"어설프군요. 만약 수사 단계에서 누군가 그 점에 의문을 느꼈다면 밝혀졌을 이야긴데."

"소속사 따위가 음모를 꾸며봤자 얼마나 대단한 음모겠습니까. 돈이나 사회적 지위를 자신하는 사람은 자기 능력을 과대평가하기 마련이죠. 실제로 경찰이 그 가능성을 염두에 두지 않았기도 했고요."

주승우가 경찰이 아닌 검사를 찾아온 이유였다.

"이상하게 수사 정보가 자주 유출되더군요. 처음

에는 소속사가 유리한 여론을 조성하기 위해 여러 정보를 유출하나 싶었는데 소속사가 알 수 없는 정보, 예를 들어 김명은 씨가 약물에 취해 있었다는 정보는 경찰밖에 몰랐습니다."

"경찰 중에 누군가가 정보를 유출했다?"

"그렇습니다. 소속사에 매수당해 사건 자체를 조작하려 했다고는 생각하지 않습니다. 재판에 잘 대비하게 정보를 달라는 정도였겠죠. 강남 쪽의 일선 경찰들은 금전적 유혹에 쉽게 노출됩니다. 아마 소속사의 뒤를 봐주는 경찰이 있을 거예요."

윤준헌도 그 사실을 잘 알고 있었다. 주승우가 박호연을 신문할 수 있게 도운 건 수사가 잘못된 방향으로 흐르는 것이 뻔히 보였기 때문이었다.

"이 정도면 정말 제 일을 다 해주신 거네요. 그런데 전 아직도 의문인 게 있습니다, 요원님. 왜 그렇게 이 사건에 매달리십니까? 김명은의 팬인 겁니까? 아니면 연민?"

주승우는 흐릿하게 웃고는 말했다.

"생각해보세요, 검사님. 저는 대한민국 경찰과 검사들이 이 사건의 진상을 끝까지 파악하지 못할 정도로 무능하다고는 생각하지 않습니다. 하지만 만약 그

진상이 밝혀지지 않고 김명은 씨에게 전환형이 선고 된다면 일이 더 복잡해졌을 겁니다."

그제야 검사는 아 하고 탄성을 내뱉었다.

"제가 김명은 씨와 처음 마주한 곳이 전환기관이 었다면 김명은 씨에게 선고된 전환형 집행을 멈추고 사건을 전면 재수사하는 재심사를 요청했을 겁니다."

주승우는 한숨을 내쉬며 덧붙였다.

"원래라면 이렇게까지 나서지 않았겠지만…… 아 시죠? 지난번……."

박상혁 회장 건을 아느냐는 은근한 물음이었다. 검사는 고개를 끄덕였다.

"그래서 좀 과민하게 반응하시는 것도 있군요. 사 건 담당 검사가 그 일로 미끄러졌죠. 잘나가던 사람이 었는데."

검사는 고개를 설레설레 젓고는 말했다.

"요원님의 의도는 잘 이해했습니다. 제보해주신 증거로 수사를 잘 진행해보겠습니다."

항상 그랬듯이 수사 과정에서 혹은 그 이후에도 전환기관이나 주승우의 이름이 튀어나오는 일은 없 을 거였다. 말이 잘 통하는 사람이었다. 주승우는 자 리에서 일어났다. 검사도 일어섰다. 문을 나서려던 주승우가 멈칫하더니 말했다.

"생각해보니 이 사건에 매달리는 이유가 한 가지 더 있습니다."

"뭡니까, 그게?"

"연예인 소속사 따위가 전환을 이용하려고 하다니 건방졌습니다."

주승우가 선샤인과 관련된 소식을 들은 것은 몇 개월 후 뉴스를 통해서였다. 오랜 재판 끝에 김명은의 혐의인 운전방해죄가 심신 미약에 의한 무죄로 확정되었다. 이 재판 결과로 선샤인이 전환되어 부활하는 일은 불가능해졌다. 이 사건은 처음 알려졌을 때의 열기와는 다르게 몇 줄로 요약할 정도로 간단하게 다루어졌다. 그 대신 선샤인의 전 소속사 대표가 선샤인의 성폭행을 은폐하기 위해 벌인 범죄들이 뉴스의 꼭지를 대부분 가져갔다. 소속사 대표는 차에 있던 메모리카드를 빼돌리고 동시에 선샤인의 자택에 남아 있던 불법 촬영물도 삭제하려 했다. 피해자들을 협박해 경찰 신고를 막은 것도 중요한 범죄 혐의였다. 검찰은 선샤인이 성폭행을 반복했다는 것을 확인하고 수사를 시작했다. 결국 오늘 소속사 대표는 구속 기소되었다.

"선배님, 이제 슬슬 출발하셔야 합니다."

같이 외근을 나가야 하는 임호가 재촉했다.

"미안, 뉴스만 마저 보고. 금방 끝날 거야."

소속사 대표의 구속 소식 다음은 김명은의 변호인 한지혜의 입장문 낭독으로 이어졌다.

"사고가 일어난 날은 선샤인에게 완벽한 하루였을 것입니다. 그토록 오래 준비한 미국 공연이 성공했고 자신을 위해 준비된 파티에서 왕처럼 칭송받았습니다. 젊은 나이에 남들은 꿈에도 그리지 못하는 것들을 소유한 그는 그 하루를 더욱 완벽하게 마무리하고 싶었을 것입니다. 그리고 마음에 드는 표적이 눈앞에 나타났죠. 선샤인은 표적을 차에 태우고 집에 데려가는 중이었습니다. 자동차 안에서 그의 긴장은 풀리고 동시에 검은 속내를 드러냈습니다. 그의 손이 피해자의 몸을 향했을 테고 김명은 씨는 무의식적으로 그에 저항했을 것입니다. 그 결과 이번 사고가 일어났습니다. 여러분, 김명은 씨는 의도를 가지고 선샤인을 죽게 만들지 않았습니다. 저항한 것입니다. 비록 그로 인해 비극적인 사고가 일어났지만 그 사고의 원인은 선샤인에게 있습니다. 무고한 여성에게 약물을 먹이고 강간하는 일은 선샤인에게 그저 나쁜 습관 같은 것이었습니다. 그걸 막는 사람은 아무도 없었습니다. 오히려 돕기까지 했습니다. 마약을 판매한 혐의로 체포된 배우 박호연은 선샤인에게 강간 약물을 제공했습니다. 소속사 대표는 선샤인의 범행을 잘 알면서도 막기는커녕 오히려 범행을 은폐하려고 했습니다. 만약 검찰이 경찰과 다른 방향으로 수사를 진행해 사건의 진실을 알아내지 못했다면, 법원이 올바른 판결을 내리지 않았다면 오늘 피해자 김명은 씨가 아닌 성폭행범 선샤인이 이 자리에 서 있었을 겁니다. 저는 이 자리를 빌려 올바른 판단을 내려준 법원과 수사를 진행해 사건의 진실을 밝혀준 검찰에 감사 인사를 드립니다.”

한지혜가 허리 숙여 인사했다. 카메라의 셔터음과 플래시가 연달아 터졌다.

“이제 진짜 가셔야 합니다.”

“그래. 가야지.”

주승우는 자리에서 일어났다. 두 사람이 가야 할 곳은 매번 달랐지만 할 일은 매번 같았다. 삶과 죽음을 가리고 욕망과 거짓으로 뒤섞인 진창 속에서 진실을 건져내야 했다. 그럼으로써 이 세상에 최상의 정의를 집행하는 것이 그들이 해야 할 일이었다.

당신은 누구입니까?

지난 7월에는 유독 많은 비가 내렸다. 도시는 침수되었고 전국에 산사태가 연달아 일어났다. 거의 보름 동안 비가 내렸고 그 비는 흙탕물로 넘실거리는 하천과 토사로 뒤덮인 들판을 남겼다. 비가 그친 뒤 사람들은 건물 지하에 채워진 흙탕물과 진흙을 빼내고 갈라진 도로를 손봤다. 수해 관련 보도가 매일 이어지던 뉴스는 이제 일상을 복구하는 손길에 대한 보도로 이어졌다. 그리고 한 소녀가 발견되었다.

소녀를 발견한 건 수해 현장에 대민 지원을 나온 군인이었다. 산사태가 일어난 지역의 지반을 수색하던 중 한 군인의 눈에 비닐 가방이 보였다. 겉면은 쓸리고 찢긴 흠집투성이였다. 땅에 묻혀 있다가 산사태에 휩쓸려 나온 듯했다. 가방을 처음 발견한 장병은 딱 봐도 이상한 물건이라는 생각이 들었다고 증언했다. 길쭉하게 놓인 가방은 사람도 들어갈 것처럼 보였다. 장병은 동료 군인들과 함께 조심스럽게 다가가 열어 보았다. 그 안에 백골이 된 소녀가 있었다.

발견된 소녀는 땅에 매장된 지 최소 1년, 길면 몇 년이 지난 것으로 판단되었다. 국과수의 부검이 바로 진행되었다. 여성이었고, 나이는 10대 중후반으로 추정되었다. 그때부터 무연고 시신은 '소녀'라고 불리게 되었다. 두개골에 둔기로 공격당한 흔적이 있었지만 결정적인 사인은 경부 압박으로 인한 질식사였다.

소녀의 신원을 밝히기 위해 경찰은 전국적인 탐문 수사를 벌였다. 시신에 다른 흔적은 별로 없었다. 키는 156센티미터에 긴 머리를 한 여자아이였다. 큰 수술을 받은 흔적은 없었고 특징으로 남을 만한 치과 치료도 없었다. 수사는 난항에 빠질 뻔했다.

소녀는 실종 신고 사례를 조사한 한 경찰에 의해서 신원이 밝혀졌다. 그는 소녀가 사망한 것으로 추정된 1년 6개월 전의 실종 신고 사례를 조사하다 미결 처리된 사건을 발견했다. 무진시에서 발생한 사건이었다. 어머니의 신고로 경찰이 바로 수사에 나섰으나 소녀를 찾지 못했다. 학원이 끝난 뒤 집에 가겠다고 연락한 것을 끝으로 소녀는 사라졌다.

주변 교우 관계를 조사하던 경찰은 친구로부터 평소 소녀가 이 도시에서 사는 걸 답답해했다는 증언을 듣는다. 실종 사건을 담당한 경찰은 소녀가 가출했다고 추정했다. 실종 당일 밤에 소녀와 외모가 비슷한 여성이 무진시 버스터미널에서 서울행 버스에 탔다는 CCTV 기록이 남아 있었다. 어머니는 그런 경찰의 추측을 부정했다. 그럴 이유가 없다고 했다. 소녀와 홀어머니는 사이가 좋은 편이었다. 어머니는 경찰의 수사가 지지부진해지자 다니던 직장을 그만두고 무진경찰서 앞에서 1인 시위를 시작했다.

한 해가 지나고 다시 여름이 되어서도 어머니는 매일 무진경찰서 앞에서 시위를 지속했다. 마침내 경찰이 이번에 발견된 시신과 유전자 대조를 권유했고, 검사 결과 모녀 관계임이 밝혀졌다. 소녀의 이름은 이예림이었다. 열여섯 살. 고등학교 1학년 학생이었다.

여자아이는 주승우가 사 온 음료를 한 모금도 마시지 않았다. 그저 고개를 숙이고 휴대폰을 들여다보고 있을 뿐이었다. 아이의 뒤편에는 티브이가 놓여 있었다. 뉴스에서 이예림과 관련된 보도가 이어졌다. 어머니가 취재진 앞에서 오열했다. 주인이 음소거를 해 놓았는지 소리는 들리지 않았다.

"뭐가 궁금하신데요?"

침묵 뒤에 여자아이가 입을 열었다.

"이예림 양에 관한 이야기를 해주시죠."

"예림이가 사라진 날에 있었던 일은 경찰한테 얘기했는데요."

"그런 거 말고요. 이예림 양은 어떤 사람이었죠?"

여자아이가 고개를 갸웃거렸다. 이예림의 실종 사건 조서에 등장하는 K양이었다. 이예림과 가장 친한 친구로 내밀한 이야기까지 나누곤 했다. 이 아이가 경찰에 평소 이예림이 무진시에서 사는 걸 답답하게 여겼다고 증언했다.

"그냥 그런 거 있잖아요. 이 도시에서 태어나고 자라서 계속 이렇게 살 거 같은 거요. 만나는 사람만 만나고, 그러다가 비슷한 남자 만나 결혼해서 애 낳고 그런 거. 그런 언니들 많거든요. 예림이만 더 답답하게 여긴 게 아니에요. 그냥 우리 또래 애들은 그런 얘기 다 한 번씩 해요."

그즈음에서 여자아이는 말을 멈추고 머뭇거렸다. 그럴 만했다. 이예림의 시신이 발견된 이후로 그 아이에게 무슨 일이 생겼는지 추측하는 언론 보도가 쏟아져 나왔다. 보도들은 기본적으로 자극적이었다. 10대 여자아이가 실종되었다가 훼손된 시신으로 발견되었다. 불길한 상상력이 발휘되기 좋은 재료가 주어진 셈이었다. 인신매매를 당했다는 이야기에서 시작해 납치, 살인 등 범죄에 휘말렸다는 이야기도 심심치 않게 들렸다. 경찰은 이 여자아이의 증언을 토대로 이예림이 가출했다고 판단했다. 그 덕에 이예림 실종 사건의 초동 수사는 명백하게 실패했다.

익명이기는 했지만 본인의 증언으로 수사가 잘못된 방향으로 흘렀다는 이야기는 아이에게 큰 충격이었다. 하굣길에 만난 주승우와 순순히 이야기를 나누고 있는 것도 그 충격에 대한 일종의 반동일 것이다.

"이예림 학생이 실종된 건 학생 탓이 아닙니다. 여러 잘못된 판단이 얽힌 결과였을 뿐입니다."

주승우의 말에도 아이는 표정이 어둡기만 했다. 아이가 입을 열었다.

"예림이가 그렇게 사라지고 전화 통화도 안 되고 저도 걱정 많이 했어요. 경찰은 가출이라 그러는데 예림이네 엄마는 경찰서 앞에서 시위하시고. 이제 고3인데 공부에 집중해야 하는데. 예림이 걱정은 되고. 그런데 결국 그렇게 죽어버렸고……."

아이는 눈물을 흘렸다. 주승우는 서투르게 위로하기보다 가만히 기다렸다.

"경찰한테 그 얘기만 한 거 아니에요. 예림이는 사라지기 전날에도 내신 점수를 걱정하던 애예요. 저랑 그 주 주말에 영화도 보기로 했어요. 그런데 경찰은 자꾸 가출한 거라고 그러고요. 제가 그럴 리가 없다고 하면 경찰은 네가 그걸 어떻게 아느냐는 식으로 말하더라고요."

홀쩍이면서도 아이는 속에 담아두었던 말을 그대로 쏟아냈다.

"저도 예림이 찾아다녔어요. 예림이네 엄마랑 같이 가출한 애들 모이는 장소 가서 예림이 봤냐고 물어도 봤어요. 찾을 수가 없었어요."

주승우는 조용히 아이의 말을 들었다.

"아저씨, 이렇게 찾아오신 거 예림이한테 무슨 일이 생겼는지 알아내려고 하시는 거죠? 제가 이야기해드리면 다 알아내실 수 있어요? 저한테 알려주실 수 있어요?"

아이가 절박하게 말했다. 주승우가 진실을 알아낸다고 하더라도 아이의 상처가 온전히 치유되지는 않을 것이다. 하지만 이대로 진실이 묻힌다면 평생 이 일을 가슴에 남길 것이다.

"물론입니다, 학생. 제 모든 걸 걸고 진실을 밝히

겠습니다."

아이는 울음을 그쳤다.

"아까 예림이에 관해서 얘기해달라고 했지요?"

아이는 평소에 둘이 뭘 하며 지냈는지, 이예림이 어디에 살고 어디에서 주로 시간을 보냈는지, 무엇을 꿈꾸고 어떤 어른이 되고 싶었는지 이야기했다. 주승우는 모든 것을 주의 깊게 들어주었다. 이야기는 아이가 학원에 갈 시간이 되어서야 끝이 났다. 주승우는 마지막으로 물었다.

"이예림 실종 사건을 수사하던 경찰 말입니다. 혹시 이 사람이었습니까?"

주승우는 사진 한 장을 내밀었다. 여자아이는 사진을 주의 깊게 살펴보았다.

"맞는 것 같아요. 그건 왜요?"

"그냥 정말 맞는지 확인한 겁니다. 만에 하나 아닐 수도 있으니까…… 그렇군요."

주승우의 표정이 멍하게 흐트러졌다. 아이가 의문스럽게 쳐다보자 주승우는 싱긋 웃어 보였다.

주승우는 하교한 이예림의 경로를 따라 걸었다. 학교에서 마을버스를 타고 다섯 정거장을 간다. 그 후

내려서 비탈진 길을 따라 십 분을 걷는다. 무진시의 외곽 지역으로 인근에 있던 대학교가 문을 닫으면서 빠르게 공동화가 진행되고 있었다. 연쇄살인범이 활동하고 체포된 이후 공동화는 더욱 빨라졌다. 강병찬이 살았고 활동하던 지역이었다.

거의 2년 만에 방문한 지역은 더 황폐해져 있었다. 건물이 노후해 재개발을 추진 중이었는데 강병찬 사건으로 주민의 이탈이 가속되었다고 한다. 몇몇 건물은 사람이 사는 흔적이 없고 을씨년스러웠다. 건물을 부수는 중장비의 소음이 골목을 가득 채웠다. 주승우는 이예림이 자주 다녔다는 골목을 따라 걸으며 그런 풍경을 눈여겨보았다. 거기에서 몇 블록 위쪽에 강병찬의 거주지가 있었다. 지금 그 건물은 헐렸다. 무진시 주민들은 강병찬이 거주하던 곳을 통째로 묻어버림으로써 사건에 관한 기억도 같이 없애버리려는 것 같았다.

이예림의 실종과 강병찬과의 연관성이 먼저 제기되었다. 이예림이 실종된 시기와 강병찬이 활동하던 시기가 딱 겹쳤다. 경찰은 강병찬 사건의 DNA 자료를 재검토했지만 이예림의 DNA는 검출되지 않았다. 전환되어 강병찬은 자백도 기대할 수 없었다. 이예림의 실종이나 강병찬의 전환이나 오래전 일이었다. 관련 증거가 남아 있을 확률은 거의 없었다. 주승우도 회의적이었다. 현장을 살펴보니 더욱 확실해졌다. 목격자가 있더라도 모두 이사를 가버렸을 것이다.

이예림은 초등학생 때 부모가 이혼하면서 어머니와 무진시로 왔다. 주승우는 이예림이 살았던 빌라로 향했다. 주민 퇴거가 이루어져 건물 입구에 침입 금지 경고문이 붙어 있었다. 이예림이 실종되고 어머니도 곧 다른 지역으로 이사했다. 주승우는 그 집에서 시작해 길을 다시 거슬러 내려갔다. 사람들이 대중교통을 이용하기 위해서는 주승우가 내린 버스 정류장으로 갈 수밖에 없었다. 이 지역 사람들은 서로 잘 모르더라도 한 번쯤은 마주쳤을 가능성이 컸다. 강병찬이 이예림을 알았을 수도 있었다.

"내가 죽인 건 그년이 아니야. 다른 여자라고."

주승우는 강병찬이 했던 마지막 말을 떠올렸다. 강병찬이 이예림을 죽였을지도 모른다는 경찰의 추측은 신빙성이 있었다. 증거가 없는 것이 문제였다. 이예림의 DNA가 검출되지 않았는데 정확히는 수집된 DNA의 훼손 정도가 너무 심했다. 이예림이 발견된 장소가 강원도의 산속인 까닭도 있었다. 강병찬은 희생자를 자신이 아는 장소에 매장해왔다. 살인을 저지른 곳은 자신의 집 혹은 자신이 통제할 수 있는 장소였다. 시신을 매장한 곳도 전 직장 혹은 확실히 인적이 없는 곳이었다.

아까 내렸던 버스 정류장에 도착했다. 전광판에는 다음 버스가 이십 분 후에 도착한다고 알렸다. 주승우는 버스 정류장의 의자에 앉았다. 이예림도 이 의자에 앉아 버스를 기다렸을 것이다. 버스를 타고 등교하고 학원을 가고 주말에 아르바이트를 하러 시내에 갔을 것이다. 그 아이는 어떻게 죽었을까? 누가 그 아이를 거기에 매장했을까? 생각에 골몰하는 사이 버스가 주승우를 지나쳤다. 다음 버스는 삼십 분 후에 도착한다. 주승우는 한숨을 내쉬며 다시 버스를 기다렸다.

새벽이 되자 종일 기자들로 어수선하던 장례식장의 분위기가 다소 가라앉았다. 입구에는 기자들과 촬영 기사들이 한가로이 모여 이야기를 나누거나 휴대폰을 들여다보고 있었다. 장례식장 건물로 다가오는 주승우를 신경 쓰는 사람은 없었다. 낮까지만 하더라도 기자들이 이예림의 장례식장 안까지 들어오려고 한 덕에 한바탕 소동이 있었다. 외삼촌이 소리를 지르며 그들을 내쫓았다.

부의함 옆으로 검은 상복을 입은 덩치 큰 남자가 의자에 앉아 졸고 있었다. 이예림의 삼촌일 것이다. 주승우가 방명록을 작성하려고 펜을 들자 잠에서 깨어 크게 하품을 하더니 얼굴을 비볐다. 그는 몽롱한 눈빛으로 주승우를 바라보더니 갑자기 눈을 부릅떴다.

"뭐야, 어디에서 오셨소?"

주승우는 잠시 고민했다.

"일단 기자는 아닙니다."

"그러면 또 어디에서 왔는데? 우리 누님이 그쪽하고 아는 사이는 아닌 거 같은데?"

"흠……."

전환기관에서 왔다고 솔직하게 말하면 더욱 수상해 보일 것 같았다.

"아까도 예림이 학원 선생님이라면서 기자가 들어오려고 했는데…… 기자요?"

"제가 아는 분이에요."

옆에서 들려온 목소리에 주승우와 남자가 그쪽을 쳐다봤다.

"변호사님이 아는 분이라고요?"

"예전에 같이 일했던 분이에요. 여기에 오실 줄은

몰랐지만요.”

한지혜의 말에 남자는 머리를 벅벅 긁었다.

“변호사님 지인이면 뭐…….”

남자가 비켜섰다. 주승우가 신발을 벗으며 말했다.

“변호사님을 여기에서 볼 줄은 몰랐네요.”

“저도 마찬가지예요.”

“얘기를 나누기 전에 먼저 할 일이 있습니다.”

그렇게 말하고 주승우는 장례식장의 안쪽 방으로 들어갔다.

사진 속에서 이예림은 티 없이 맑게 웃고 있었다. 영정 앞에는 친구들이 남긴 메시지가 붙어 있었다. 보고 싶다. 믿어지지가 않아. 천국에서 편히 쉬어. 주승우는 그 메시지 앞에 흰 꽃을 바쳤다. 향을 피우고 두 번 절했다.

이내 주승우는 이예림의 어머니와 마주 섰다. 어머니는 미라처럼 말라붙어 있었다. 오랫동안 미소 대신에 울음만이 가득했을 얼굴은 슬픔으로 부스러졌다. 두 사람은 마주 절했다.

“진심으로 죄송합니다.”

주승우의 말에 어머니는 의아하다는 표정을 지었다.

주승우가 탁자 앞에 앉자 상복을 입은 여자가 별말 없이 일회용 용기에 담긴 음식을 늘어놓았다. 종일 무진시를 돌아다니느라 제대로 된 끼니를 챙기지 못했다. 주승우는 일회용 수저로 식어 빠진 전이며 편육을 집어 먹었다. 주승우의 맞은편에 한지혜가 가만히 앉아 있다 종이컵에 물을 한 잔 따라 건넸다.

"더운 하루였죠?"

"네, 무진시가 좀 넓어서 차 없이 돌아다니자니 힘들더군요."

주승우가 물을 마시고 덧붙이며 물었다.

"소송 지원 그런 겁니까?"

"맞아요. 이예림의 어머님은 경찰의 부실 수사 때문에 딸을 찾을 기회를 놓쳤다고 생각해요. 그 문제에 항의하기 위한 법적 절차를 알아보려고 하셨고요."

"변호사님이 먼저 연락한 겁니까?"

한지혜는 고개를 저었다.

"아니요. 어머님이 먼저 찾아오셨어요. 지난번 김명은 사건 때문에 제가 좀 유명해졌거든요. 약자의 편에 서는 변호사라고 하더군요."

"그 평가에 동의하십니까?"

한지혜는 어깨를 으쓱해 보였다.

"예전 동료들은 웃던데요. 인권이고 뭐고 관심 없던 네가 그렇게 변했냐면서요. 그런 다음에는 제게 일어난 일을 떠올리고 흠칫했어요."

주승우는 목덜미의 붉은 흉터를 바라봤다. 한지혜는 자신이 한 사람에게 살해당한 후 부활했다는 사실을 굳이 감추지 않았다. 강병찬 사건에서 피해자의 신원은 언론에 공개된 적이 없지만, 주변 지인들은 어느 정도 눈치챘을지도 모른다. 어쩌면 한지혜 본인이 먼저 밝혔을 수도 있다.

주승우는 담담한 표정으로 자신의 죽음을 이야기하는 한지혜의 마음을 헤아려보았다. 많은 사람의 생각과 다르게 전환이 모든 것을 치유한다는 것은 허상에 지나지 않는다. 삶이 구원을 약속하지는 않는 법이다. 한지혜의 무표정은 그런 사실을 담담하게 인정하는 것일지도 모른다.

"제 차례예요. 요원님은 왜 여기에 오셨나요?"

"그러게요. 제가 왜 여기에 왔을까요."

한지혜는 아무 말도 없었다. 주승우는 눈을 깜빡이며 기억을 더듬다가 과거의 한 장면을 끄집어냈다.

"경찰에 있으면서 간혹 피해자분들 장례식에 조문을 갔습니다. 전환기관도 전환형도 없을 때였죠. 경찰로서 죽은 사람을 대하다 보면 그들이 사람처럼 느껴지지 않을 때가 있었어요. 일종의 PTSD라고 하더군요. 죽은 사람에게 감정을 느끼고 공감하면 사람의 정신은 쉽게 피로해지죠. 저만 아니라 죽음을 자주 접하는 직업군, 예를 들어 의사나 간호사, 소방관은 다들 이런 일을 겪는다더군요. 그러다 보면 제가 해결하는 사건이 일종의 게임처럼 느껴지기도 했습니다. 증거를 모으고 살인자를 쫓아서 범행을 증명하고 검사가 기소할 수 있게 만드는 거요. 그게 어느 순간 끔찍하게 느껴졌죠."

한지혜는 말없이 주승우의 이야기를 들었다.

"죽어버린 사람들. 죽은 사람의 가족, 친구가 그를 위해 울고 떠드는 말이 필요했습니다. 그래서 피해자가 그저 말 없는 시체가 아니라 살아 숨 쉬고, 웃고, 울고, 떠드는 존재라는 확신을 얻고 싶었습니다. 그렇게 제 사명을 다시 떠올리는 거죠."

"어떤 거요?"

한지혜의 물음에 주승우는 고개를 갸웃했다.

"경찰 시절에는 정의? 법질서? 범죄자 체포? 그저 직무에 충실하고 싶었는지도 모르겠군요."

"지금은요? 전환기관에서는요?"

"지금도 직무에 충실하다는 점에서 비슷합니다. 진실을 찾음으로써 최상의 정의를 집행하는 것."

"요원님께 진실을 찾는다는 건 어떤 의미인가요?"

"왜 그런 걸 묻죠?"

"요원님한테는 그 일이 직무 이상의 의미를 가지는 것 같아서요."

주승우는 건물에서 추락하는 소년과 피로한 표정으로 자신의 이야기를 듣는 늙은 남자의 얼굴을 떠올렸다. 20년 가까운 과거의 일이었다.

"요원님? 듣고 계세요?"

"잠깐 정신이 팔렸군요."

"제가 쓸데없는 말을 했나 보군요."

"그렇지 않습니다."

자신도 모르게 잠긴 목소리에 주승우는 연신 기침을 했다. 한지혜가 나지막이 물었다.

"요원님, 지금 찾고 있는 진실은 찾으셨나요?"

"이예림에게 어떤 일이 생겼는가."

"네, 그거요."

주승우는 주위를 둘러봤다. 주변에는 한지혜뿐이었다. 낮부터 기자들에게 시달린 이예림의 가족은 지쳐서 모두 안쪽 방으로 들어간 모양이었다. 주승우는 목소리를 낮추고 이야기를 시작했다.

"현재 경찰은 이예림에게 어떤 일이 생겼는지 추적하고 있습니다. 가능성은 크게 두 가지로 좁혀집니다. 하나는 이예림이 실종될 당시 활동한 살인범 강병찬에 의해 살해되었다는 설. 나머지 하나는 강병찬이 아닌 다른 이유로 실종되고 살해되었다는 설입니다."

"정황상 전자에 대한 검증이 빨리 이어졌을 것 같네요."

강병찬의 이름이 나왔는데 한지혜는 어떤 반응도 보이지 않았다.

"이예림과 강병찬은 같은 동네에 거주했어요. 하지만 명확한 증거가 없어 경찰로서도 확정 지을 수 없었습니다. 첫 번째는 수집된 증거에서 이예림의 흔적이 발견되지 않았습니다. 두 번째는 이예림이 발견된 장소가 강병찬의 범행 패턴과 동떨어진 곳이라는 점입니다."

"추측을 증명할 방법이 없는 것이군요."

"네, 그래서 경찰은 제삼자 범행설에 무게를 두고 수사를 이어가고 있습니다. 다만 그런다고 해서 진실을 밝힐 수는 없을 겁니다."

"왜 그런가요?"

"이예림이 실종될 당시 수사가 너무 부실했어요. 이예림은 가출하지 않았기 때문입니다. 이예림은 강병찬에게 살해당했습니다."

"방금 증거가 반대 방향을 가리킨다고 하지 않았나요?"

"그 증거는 조작되었습니다. 있더라도 지금은 없어졌겠죠."

"누가 그런 일을 저질렀을까요?"

"당신은 이미 그 답을 알고 있지 않습니까."

"……."

주승우는 무표정한 한지혜의 얼굴을 바라봤다.

"한지혜 씨, 당신은 제게 사진을 한 장 보냈죠."

이예림의 시신이 발견되고 며칠 후 주승우에게 사진 한 장이 전달되었다. 발신인 이름이 공백이었던 그 사진을 보고 주승우는 누구에게도 보여주어서는 안 된다는 걸 깨달았다. 동시에 한 가지 진실이 총알처럼 머리를 관통했다.

이 사건은 이미 결론이 정해져 있었다. 주승우가 무진시를 돌아다닌 건 그 결론이 틀리기를 바라기 때문이었다. 그러나 기대는 여지없이 무너졌다. 주승우가 단서를 보고 유추한 결론은 견고하기만 했다.

"한지혜 씨 당신은 도대체 어떤 사람이었습니까? 당신의 예전 사진을 봤을 때 미소가 잘 어울리는 사람이라고 생각했어요. 지금에 와서는 그 싸늘한 표정이 당신의 본모습처럼 보이는군요."

"죽었다가 다시 살아났잖아요. 처음 죽는 순간 제 일부가 영원히 사라졌는지도 모르죠."

"그럴지도요."

주승우는 자리에서 일어났다. 한지혜도 같이 일어났다. 장례식장은 이제 고요하기만 했다. 주승우는 구두를 신고 밖으로 나갔다. 입구 앞 의자에 앉아 이예림의 외삼촌이 코를 골며 졸고 있었다. 주승우와 한지혜는 나란히 걸었다. 주승우가 건물을 나가 여름의 습한 밤 속으로 걸어서 사라질 때까지 한지혜는 말없이 지켜보았다.

이예림의 실종 수사가 초동 대처에 실패했다는 사실이 언론에 보도되면서 담당 형사에 대해 감사가 진행되었다. 하지만 그 형사가 같은 시기에 한 살인범을 빠르게 체포한 사실이 밝혀졌고, 경찰 내부에서도 극악한 살인범을 홀로 체포한 공을 참작해야 한다는 의견이 있었다. 이 의견이 받아들여져 형사는 비교적 가벼운 3개월 감봉 처분을 받았다.

주승우가 무진경찰서에 도착해 본관 계단을 오르고 있을 때 마침 나오던 이인영 반장과 마주쳤다. 그가 주승우에게 손을 흔들며 인사를 건넸다.

"어이, 주승우, 여기는 또 어쩐 일이야?"

주승우는 얼굴이 딱딱하게 굳어 있었다.

"서병우, 어디에 있습니까?"

"병우가 불렀어? 둘이 술이라도 마시게?"

"어디에 있습니까?"

"사무실에 있지. 갑자기 왜 그래? 이상하게."

"요즘 서병우의 태도가 이상하지 않았습니까? 우울해한다든가 초조해한다든가."

"징계 건 때문에 아무래도 그랬지."

이인영이 대수롭지 않다는 듯이 말했다.

"그렇군요. 감사합니다."

주승우는 돌아서서 경찰서 안으로 들어갔다. 이인영이 그 모습을 보고 중얼거렸다.

"쟤가 저럴 애가 아닌데?"

강력반에 서병우는 없었다. 주승우는 다른 사람

들에게도 서병우가 어디에 있는지 물었다. 대답은 제각각이었다. 주승우는 모든 곳을 돌아보았다. 화장실, 내부 휴게실, 지하 증거 보관실까지. 주승우가 경찰서 옥상을 떠올린 것은 아주 오래전 일 때문이었다.

수사에 매달리다 머리가 아프면 주승우는 경찰서 옥상으로 올라가고는 했다. 바로 아래 후배인 서병우도 따라 올라왔다. 거기서 사건이나 답답하고 꽉 막힌 경찰 조직을 성토했다. 말하자면 경찰 시절의 추억이었다.

옥상 문을 열자 종이컵을 들고 삼삼오오 모여 있는 경찰들로부터 홀로 떨어져 선 서병우가 눈에 들어왔다. 주승우는 그에게 다가가면서 표정을 점검했다. 딱딱하게 굳은 얼굴이 수상하기만 할 것이다. 서병우는 난간에 기대어 무진시를 바라보고 있었다.

"서병우."

서병우가 고개를 돌렸다. 며칠 동안 제대로 못 잤는지 눈 밑이 퀭했다.

"선배님."

"여기서 뭐 해?"

"선배님은 뭐 하고 계십니까?"

"무진시에 일이 있어서 말이지. 잠깐 들렀어."

"그렇군요. 저희 쪽에서 전환기관에 요청한 건 없을 텐데……."

"경찰이 아니야. 다른 쪽. 그보다 요즘은 좀 어때? 일이 복잡해졌다고 하던데."

서병우는 씁쓸하게 웃었다.

"뭘요. 수사 잘못한 게 사실인데. 저는 파면당할 줄 알았습니다."

"마음고생이 심했나 보네."

"당연하죠. 그때 아무리 정신없어도 제대로 했었어야 하는데."

"강병찬 사건 때 말이지. 그래, 그럴 만도 하지."

주승우는 지난 겨울밤에 어두운 공장 부지를 돌아다닌 일을 생각했다. 기름통에는 타다 만 한지혜의 지갑이 남아 있었다. 지금 생각하면 이상한 일이다. 강병찬은 피해자의 유류품을 강에 던져버렸다. 나중에 피해자의 휴대폰에 기록된 마지막 위치를 토대로 간신히 찾아냈다. 그날 서병우는 칠흑 같은 어둠 속에서 한지혜가 묻힌 장소를 찾았다.

"선배님, 무슨 생각을 하십니까?"

"그냥. 우리가 강병찬이 시신을 숨긴 공장에 갔을 때 말이야. 네 차를 타고 갔었지."

"그랬었죠."

"혹시 차 바꿨어? 그때 탔던 차가 안 보이네."

"사고가 났습니다. 안 그래도 오래 타던 차였어요."

"맞아. 그 똥차. 사고 나면서 다치지는 않았어?"

"네, 다행히."

"그런데 집 화장실 공사는 왜 한 거야?"

"……."

이제 서병우도 심상치 않은 기색을 느끼는 모양이었다.

"그런 큰 공사를 하려면 이웃에 양해를 구해야 하는 법이야. 옆집 사람이 그것 때문에 아직도 화가 나 있더군. 낮이고 저녁이고 타일 때려 부수는 소리가 들렸다고 말이야."

"……."

"그다음에는 아예 집을 싹 고쳐버렸고. 집주인이 자기야 오래된 집 세입자가 돈 들여서 싹 교체한다니까 반갑기는 했는데 이상하긴 했다더군."

서병우는 무표정한 얼굴로 듣고만 있었다.

"폐차하고, 집을 싹 뜯어고치고. 이 모든 게 강병찬 사건 이후라더군. 이 일에 의도가 있다고 한다면 내가 이상한 건가?"

"전환기관 사람들은 이상하다던데 선배님도 그러신 것 같습니다."

"내 머리는 아직 멀쩡해, 너무 잘 돌아가 문제지."

주승우는 강병찬이 전환되기 직전에 한 말을 떠올렸다.

"내가 죽인 건 그년이 아니야. 다른 여자라고."

"네?"

"전환기관에서 강병찬이 나한테 마지막으로 한 말이야. 그때는 끝까지 범행을 부인하는 것으로 생각했지. 수집된 증거와 수사 결과가 모두 그쪽을 가리켰으니까 말이야. 수사가 처음부터 잘못되지 않은 이상 그 말이 사실일 리가 없었지. 나는 지금 강병찬이 사실을 얘기했다고 생각해."

서병우가 반론을 제시했다.

"그렇다면 강병찬은 왜 처음부터 얘기하지 않은 겁니까? 그 말이 사실이라면 전환을 피할 수도 있었을 텐데."

"어떤 범죄자가 추가 범행을 순순히 이야기하겠어. 강병찬은 재판 내내 한지혜 씨를 살해하지 않았다고 주장했지. 아무도 믿지 않았지만 말이야. 추가 범행이 있다는 사실을 진작에 이야기했다면 상황이 달라졌을 텐데."

주승우는 고개를 절레절레 저었다.

"그러면 강병찬이 누굴 또 죽였다는 말입니까?"

"이예림. 강원도의 산속에서 발견된 그 아이."

주승우가 단호하게 말했다.

"이예림이 강병찬에게 살해된 정황은 있더라도 증거가 없지 않습니까."

"증거는 없지. 시간이 너무 지났고, 있더라도 시신을 숨긴 사람이 모두 없애버렸을 테니까."

"누가 왜? 무슨 목적을 위해서요?"

주승우는 서병우의 무표정한 얼굴을 바라봤다. 죄의식도 후회 한 점도 없었다. 주승우는 그 무표정에서 그가 잃은 모든 것을 보았다. 더 이상 주승우가 알던 서병우가 아니었다. 그는 자신이 저지른 일 때문에 고통받아왔으며 그 고통 탓에 마음이 완전히 마모되었다. 주승우의 마음이 차디차게 식으며 비통함이 몰려왔다. 주승우는 눈을 한 번 깜빡이며 그 모든 감정을 추스르고 진실을 말했다.

"강병찬의 네 번째 피해자 이예림의 시신을 숨긴 건 너야."

잠시 둘 사이에 침묵이 내려앉았다. 멀리서 울린

경적에 그 침묵이 깨졌다. 서병우가 조용히 말했다.

"선배님 미치셨습니까?"

"그래. 차라리 내가 미친 거면 좋겠어. 도무지 나도 진실을 믿을 수가 없었거든."

"무슨 말씀인지 모르겠습니다."

"지난 이틀 동안 무진시를 돌아다녔어. 이예림의 실종과 관련된 사람들을 찾아다녔지. 그 아이와 강병찬이 살았던 동네도 찾아갔고."

"왜 그러셨습니까?"

"현장을 눈으로 다시 확인해보고 싶었어. 그 동네에는 빈집이 많더군. 그런 빈집에는 비행 청소년이나 노숙자가 숨어들기 좋지. 그리고 일선 경찰이나 형사는 주민들이 신고해서 자연스럽게 그런 장소를 파악하기 마련이니까."

"범죄자가 숨어들기에도 좋은 장소죠."

"너는 거기서 이예림의 시신을 발견했을 거야."

"그건 너무 공교롭지 않습니까?"

"몇 가지 조건이 갖춰지면 남들 눈에는 우연 같아 보이는 일이 때맞춰 일어나기도 하는 법이지. 우연이라는 말을 무시하지 마. 그 우연이 아니었으면 강병찬의 최초 피해자인 서은혜도 발견할 수 없었을 테고, 7월 내내 내린 폭우가 아니었다면 이예림은 아직 땅속에 묻혀 있었겠지."

"제가 왜 시신을 숨깁니까? 그럴 이유가 없지 않습니까?"

"너는 한 사람을 살리기 위해서 이 모든 일을 시작한 거야."

"무슨 소리입니까, 그게."

주승우는 품속에서 사진 한 장을 꺼냈다. 무엇보다도 진실을 보여주는 한 장의 사진이었다. 서병우는 그 사진을 말없이 노려봤다.

"너와 한지혜 씨는 연인이었지."

사진에는 활짝 웃는 한지혜와 서병우의 모습이 담겨 있었다.

"한지혜 씨는 강병찬 사건이 일어난 시점에 알 수 없는 이유로 사망한 상태였을 거야. 절망한 너는 한지혜 씨를 살리기 위해서 고민하기 시작해. 보통의 사람들이었다면 시신을 사설 냉동고에 보관하는 정도로 끝났겠지만 너는 형사지. 마침 수상한 사건이 하나 있었고 말이야."

이예림 실종 사건을 가장 먼저 수사한 사람은 서병우였다. 학원에서 나온 이예림이 갑자기 사라졌다.

형사로서 서병우는 감이 좋은 편이었다. 이예림이 실종되기 일주일 전 무진시에서 멀리 떨어진 야산에서 한 여성의 시신이, 그러니까 서은혜의 시신이 발견되었다. 두 사건 사이에 직접적인 연관 관계는 없었지만 어떤 감이랄까, 직감 때문에 그는 이예림이 범죄에 휘말렸을 것으로 생각했다. 그즈음 한지혜가 원인 불명의 이유로 죽었다. 절망하던 서병우의 머릿속에 한 가지 가능성이 떠올랐다.

"자수해. 진심으로 사죄해. 이예림의 어머니한테, 그리고 이예림한테."

서병우는 칠흑 같은 눈으로 사진을 응시하다 나직이 말했다.

"선배님은 사랑하는 사람을 위해서 어떤 일까지 할 수 있으십니까?"

동시에 서병우가 수갑을 꺼냈다. 미처 반응할 사이도 없이 주승우의 팔이 옥상 난간에 묶였다. 주승우가 소리쳤다.

"안 돼! 하지 마!"

이제 서병우는 몸을 돌려 달려 나갔다.

"서병우! 안 돼!"

방금 옥상에 있던 경찰들은 모두 내려갔는지 보이

지 않았다. 주승우가 몸을 이리저리 틀었지만 수갑이 풀릴 리 없었다. 주승우는 주머니에 있던 휴대폰을 꺼내 주차장에서 기다리고 있을 임호에게 전화를 걸었다.

"네, 선배님."

"어, 임호. 당장 경찰서 옥상으로 올라와. 나 지금 수갑에 묶여 있어."

"네? 아니, 왜요?"

"급해! 빨리!"

주승우는 난간에 묶인 채 임호가 차에서 빠져나오는 걸 지켜봤다. 그때 경찰서 본관에서 뛰어나오는 서병우가 보였다. 주승우가 휴대폰에 대고 외쳤다.

"아냐! 지금 경찰서에서 뛰어나가는 사람 하나 있지? 그 사람 막아."

"예?"

임호도 서병우를 발견한 모양이었다. 임호가 서병우의 앞을 가로막으며 제지하는 소리가 들렸다. 서병우는 임호에게 주먹을 휘둘렀다.

"저런 미친."

주승우가 탄식했다. 임호는 몸을 돌려 주먹을 피했다. 그러나 갑작스러운 움직임에 몸이 휘청거렸고 서병우는 그 틈을 놓치지 않았다. 그는 다리를 휘둘러 임호의 장단지를 걷어찼다. 임호가 중심을 잃고 바닥에 넘어졌다.

"무슨 일이십니까?"

옥상에 막 올라온 경관이 수갑에 묶인 주승우를 보고 놀라서 외쳤다.

"이것 좀 빨리 풀어줘!"

계속 무슨 일이냐고 묻는 경관에게 주승우는 빨리 풀라고 재촉했다. 경관이 열쇠로 주승우의 수갑을 풀 때 넘어졌던 임호가 벌떡 일어나 서병우의 뒤를 쫓았다. 서병우가 차 문을 열려는데 막 도착한 임호가 문을 잡았다. 서병우가 신경질적으로 문을 열고 임호와 다시 몸싸움을 시작했다. 경찰들이 깜짝 놀라서 그쪽으로 뛰어갔다.

주차장에서 일어난 싸움에 경찰서가 들썩거렸다. 주승우가 계단을 달려 내려가는 동안 창문에 붙어서 서병우와 임호의 싸움을 지켜보는 이들이 늘어갔다. 싸움을 말리러 뛰어가는 경찰들도 보였다. 마침내 주승우가 경찰서 본관을 빠져나왔을 때 서병우는 차를 타고 경찰서를 벗어나는 중이었다. 주차장 한가운데에 임호가 대자로 누워 있었다.

"임호!"

"으아아아!"

누워 있던 임호가 벌떡 일어났다.

"괜찮아? 다치지 않았어?"

"으아! 가만히 안 놔둘 거야!"

주승우가 임호의 온몸을 살폈다.

"괜찮습니다!" 임호가 씩씩하게 외치고는 말했다. "쫓아야 하는 거 아닙니까?"

"그래. 가자."

두 사람은 차에 올라탔다. 방금까지 격투를 벌인 임호가 걱정되어 주승우가 말했다.

"이번에는 내가 운전하지."

"그러다가 사고 납니다."

임호가 단호하게 말하고 시동을 걸었다. 자동차가 미끄러지듯이 경찰서를 빠져나왔다.

"그런데 어디로 갑니까?"

주승우는 서병우가 나간 방향을 가리켰다. 그 잠깐 사이에 서병우의 차는 시야에서 사라졌다.

그때 주승우의 휴대폰이 울렸다. 이인영이었다.

"야! 도대체 무슨 일이야. 경찰서에서 서병우랑 전환기관 요원이 왜 싸워?"

"반장님, 지금 서병우가 어디로 가고 있습니까?

급합니다. 서병우 목숨이 위험해요."

"뭐? 무슨 소리야?"

"설명은 나중에 하겠습니다. 급합니다. 서병우 휴대폰 위치 추적해주십시오."

심상치 않음을 느낀 이인영이 기다려보라고 말한 후 전화를 끊었다. 곧 문자 메시지 하나가 도착했다.

―무진시청 사거리에서 우회전 중.

바로 근처였다. 임호가 그쪽으로 차를 몰았다. 도로의 끄트머리에 서병우가 운전하는 차가 보였다.

"어서 쫓아가!"

액셀을 세게 밟자 거친 엔진음이 울리며 차가 앞으로 튀어 나갔다. 임호가 핸들을 이리저리 돌리며 앞에 가던 차를 추월했다. 주승우가 서병우에게 전화를 걸어보았지만 받지 않았다.

서병우를 쫓던 자동차는 교통신호에 걸려 멈춰 서야만 했다.

"젠장!"

주승우가 탄식했다.

이인영은 문자 메시지로 서병우의 위치를 알려주었다. 그는 무진시 외곽으로 나갔다. 임호와 주승우는 퇴근 시간과 맞물려 지체될 수밖에 없었다.

“어디로 가는 걸까요?”

임호가 초조한지 입술을 물어뜯으며 물었다.

“조용한 곳. 그래서 아무도 찾아오지 않을 곳.”

“외국으로 도망치는 게 아니고요?”

“도망친다는 점에선 비슷할지도 모르겠군.”

그렇게 말하고 주승우는 입을 다물었다.

“이런.”

“왜 그러십니까?”

“서병우가 추적당하는 걸 눈치챈 모양이야. 휴대폰을 껐다는군. 어차피 어디로 갈지는 대충 알 것 같지만.”

“어디죠?”

주승우는 머릿속에서 무진시 지도를 떠올렸다. 변두리에 모텔과 여러 숙박 시설이 중구난방으로 들어서 있었다. 건설 중에 자금난으로 공사가 중단된 건물도 있었다. 서병우가 가던 방향에서 그런 현장 몇 군데만 찾으면 되었다. 주승우는 너무 늦은 게 아닌가 하는 불안에 휩싸였다. 교복을 입은 소년이 추락하는 장면이 다시 떠올랐다. 그 장면을 직접 본 것은 아니었다. 하지만 그래서 그 죽음으로부터 더욱 벗어나기 힘들었다. 이번에도 그렇게 되는 것은 아닐까. 지독한 무력감을 느꼈다. 주승우는 입술을 꽉 깨물었다. 따끔한 통증과 함께 턱으로 피가 흘러내렸다.

이웃 도시와 무진시의 경계에 공사가 중단된 채 폐허가 된 건물들이 널브러져 있었다. 서병우의 자동차는 그중 한 곳에 서 있었다. 주승우와 임호는 동시에 튀어나와 건물 안으로 들어갔다. 건물을 올라가며 주승우가 말했다.

"내가 위쪽부터 훑을 테니 너는 아래쪽 방부터 수색해."

임호는 이상하다는 듯이 고개를 갸웃거렸지만 반박하지 않았다. 주승우는 계단을 따라 건물의 옥상으로 올라갔다. 직감 같은 것이 주승우를 옥상으로 이끌었다.

옥상 문을 열자 서병우가 서 있었다. 옥상 끄트머리에서 아래를 내려다보고 있었다. 가까이에 국도가 있었고 자동차들의 행렬이 흐르듯이 이어졌다. 서병우는 주승우를 향해 돌아섰다. 구름에 달이 가려져 사방이 어둠에 잠겨 있었다. 서병우의 표정은 보이지 않았다.

"계단을 오르는데 차가 들어오는 소리를 들었습

니다. 생각보다 더 빨리 오셨네요."

"어디로 가야 할지 몰랐나 보군."

"네."

"자수해. 그게 최선이야."

"아니요. 아닙니다."

"네가 한 일 그 사람은 고마워했어? 한지혜 씨 말이야."

"이제 아무 상관 없는 일입니다."

"아니야……."

주승우는 한 걸음 앞으로 다가가려 했다. 그때 총성이 울려 퍼졌다.

"가만히 계십시오. 다음에는 머리입니다."

서병우의 손에 어느새 권총이 들려 있었다. 어둠 속에서 그림자만으로 그 권총이 주승우를 겨냥하는 건 충분히 알 수 있었다.

"저는 제 믿음을 스스로 짓밟았습니다. 그렇게까지 해서 지키려던 걸 끝까지 지킬 겁니다."

"내가 여기에 있다는 것만으로 그 사람은 이미 대답했잖아. 언제까지 네 욕심만 부릴 거야?"

서병우는 침묵할 뿐이었다.

"그러니까 내가 다 끝내겠다는 거야."

"선배님!"

임호였다. 아래층에서 수색하다 총성을 듣고 옥상으로 올라오는 모양이었다. 서병우의 시선이 주승우의 뒤편을 향했다. 주승우는 그 순간을 놓치지 않고 서병우에게 달려들었다.

주승우는 권총을 뺏으려 했다. 두 사람의 몸이 순식간에 포개졌다. 두 사람이 싸우는 사이에 임호가 옥상으로 올라왔다. 임호는 서병우가 권총을 가지고 있는 걸 발견하고 한쪽 무릎을 꿇고 총을 쏠 자세를 취했다. 주승우가 외쳤다.

"쏘지 마! 쏘지 마!"

서병우는 그 틈을 놓치지 않고 주승우의 턱을 후려쳤다. 주승우가 바닥에 쓰러지는 순간 총성이 들렸다.

시간이 정지한 듯 모든 것이 느리게 흘러갔다. 때마침 달을 가리던 구름이 흩어지고 사방에 달빛이 쏟아졌다. 권총을 겨누던 임호의 눈동자가 커졌다. 임호는 총을 발사하지 않았다. 무거운 것이 바람을 가르며 추락하는 소리가 들렸다. 곧 불길하고 둔탁한 소리가 울려 퍼졌다.

주승우는 비틀비틀 걸어 옥상 난간으로 다가갔다. 아래에 서병우가 누워 있었다. 어둠 속에 흐릿하게 그의 몸에서 피가 흘러나와 웅덩이처럼 고이는 것이 보였다.

주승우의 등 뒤에서 임호가 느릿느릿 걸어왔다. 주승우가 중얼거리듯이 말했다.

"일부러 그런 거야. 너한테 책임을 지우지 않으려고. 자기 손으로 끝내려고."

멀리서 경찰차의 사이렌 소리가 들려왔다.

"아직 끝난 게 아니야. 아직……."

주승우는 중얼거렸다. 동시에 스스로도 자기 말을 믿고 있지 않다는 것을 깨달았다.

두꺼운 구름이 달을 가렸다. 어둠에 싸인 서병우의 시신이 검은 먹물로 그려진 그림자처럼 형체를 잃었다. 주승우는 한 소년을 떠올렸다. 영원히 소년으로 남은 친구. 그가 마주한 첫 번째 죽음. 순간 주승우의 몸에 힘이 풀렸다.

"선배님, 괜찮습니다."

"괜찮다고? 뭐가?"

주승우가 덜덜 떨리는 목소리로 묻자 임호가 단호하게 말했다.

"제가 잡고 있습니다. 절대 안 떨어질 겁니다."

"그래. 그래."

건물 아래에서 막 도착한 경찰들이 서병우의 시신으로 달려갔다. 그 소리에 주승우는 자신이 서 있는 곳이 단단한 현실이라는 걸 실감했다. 뒤로 물러선 주승우는 길게 한숨을 뱉었다.

"괜찮으십니까?"

주승우는 힘없이 고개를 끄덕였다.

"괜찮아. 다음에 뭘 해야 할지 생각하고 있었어."

완전한 해결

의식을 회복한 한지혜가 처음으로 느낀 감정은 당혹
스러움이었다. 누워 있는 곳이 전환기관의 의료 시설
이었다. 또 자신이 살인 사건의 피해자였고 전환되었
다는 말에 한지혜는 공포라거나 두려움보다 황당함
만을 느꼈다.

"한지혜 씨의 반응은 당연합니다. 보통 일을 겪은
게 아니니까요."

전환기관의 의료 담당자가 말했다. 한지혜는 하얀
가운에 달린 명찰을 확인했다. 김유용이라고 쓰여 있
었다.

"마지막으로 기억나는 게 있으십니까?"

한지혜는 마지막으로 기억나는 순간을 떠올렸다.

"남자 친구랑 데이트하고 헤어져서 집에 와 맥주
를 꺼내 마셨어요. 그리고 잤어요."

"날짜가 언제입니까?"

한지혜는 기억을 더듬었다. 처음에는 술에 취했을

때처럼 드문드문 기억나던 장면들이 서서히 명료해졌다. 한지혜는 그날을 기억해냈다.

"12월의 셋째 주 월요일 즈음으로 기억해요."

김유용은 차트에 무엇인가를 적어 내려갔다.

"그 이후는 아무것도 기억이 나지 않나요?"

"네."

김유용이 눈썹을 한 번 들썩였다. 한지혜는 그가 무엇인가를 숨긴다는 인상을 받았다.

"그게 뭐 이상한 일인가요?"

"이상한 일은 아닙니다. 가끔 있는 일이죠. 제가 이 역할에 익숙하지 않아 그럽니다. 담당자가 지금 외근을 나가서 업무를 대신 해주고 있거든요."

김유용은 한숨을 푹 내쉬었다.

"지금 이 대화는 전환자에게서 사건에 대한 정보를 얻는 게 목적입니다. 사건을 가장 잘 기억하는 건 사건을 일으킨 범인과 피해자일 테니까요. 하지만 한지혜 씨의 경우에는 사건이 일어난 당일부터 일주일 정도 기억에 공백이 있군요."

"일주일이요?"

"그렇습니다. 한지혜 씨를 검시한 결과와 수집된 증거를 통해 봤을 때 경찰은 한지혜 씨가……."

"저는 괜찮아요."

"그러시다면…… 경찰은 12월 넷째 주 월요일이나 화요일에 사건이 일어났다고 보고 있습니다. 한지혜 씨가 마지막으로 기억하는 것보다 한 주 뒤죠."

"그게 어떤 의미인가요?"

"사실 별다른 의미는 없습니다. 사건 당시를 기억 못 하는 건 어찌 보면 행운이기도 합니다."

누구라도 살해당한 경험이 좋은 기억일 리 없었다. 한지혜는 김유용이 하지 않은 뒷말을 자연스럽게 유추할 수 있었다.

그 이후 김유용은 몇 가지 간단한 검사를 했다. 막 전환된 이후인데도 한지혜는 몸 상태가 굉장히 좋았다. 김유용은 만족스럽다는 듯이 고개를 주억거렸다.

"회복이 굉장히 빠르군요."

"그런데 팔에 이 흉터요. 이건 왜 생긴 건가요?"

온몸에 난 붉은 띠 같은 흉터를 보고 한지혜가 물었다. 김유용은 다시 마른침을 삼켰다.

"그…… 잘렸던 상처가……."

"상처가 아문 뒤에 생기는 흉터 같은 거군요. 전환이 죽은 사람도 살리지만 이 정도 흔적은 남기나 보네요."

"그렇습니다. 흉터를 없애고 싶으시다면 전환기관에서 업체를 소개해줄 겁니다. 지원금도 나올 겁니다."

"없애지 않을 거예요."

"네?"

"흉터를 봐도 아무런 감정이 들지 않아요. 두렵지 않으니 감출 필요도 없을 거 같아요."

전환되고 하루 동안은 절대적인 안정이 필요하다고 했지만 한지혜는 걸을 수 있다는 것을 확인하자마자 침대에서 내려왔다. 처음에는 걸음을 내딛기도 힘이 들었다. 다리를 움직일 때마다 온몸의 관절이 시큰거렸다. 그러나 통증은 서서히 잦아들었고 이내 멀쩡하게 걸어 다녔다. 한지혜는 외부에 잘 알려지지 않은 전환기관 내부를 천천히 둘러보았다. 온갖 소문과 음모론의 중심지였지만 한지혜의 눈에는 공무원들이 업무를 보는 평범한 관공서처럼 보일 뿐이었다. 물론 건물 어딘가에는 살인자의 목숨을 희생해 희생자를 살리는 기계가 있을 것이다.

환자복을 입고 돌아다니는 한지혜를 직원들이 이상하다는 눈으로 봤지만 제지하지는 않았다. 한지혜가 기관의 본관에 서서 유리창 너머 하늘을 응시한 데는 별다른 이유가 없었다. 그저 예전에도 이런 느낌을 받았나 하는 생각 때문이었다. 과거에 하늘을 보며 어떤 감정을 느꼈는지 기억해보려고 했으나 애써 떠올려도 그때의 감정이 자기 것이라는 확신은 들지 않았다. 아무래도 상관없었다.

그때 계단을 올라 본관으로 오는 남자가 보였다. 그 남자도 한지혜를 바라보고 있었다. 한지혜는 어쩐지 그 남자가 자신에게 말을 걸 것으로 생각했다. 하지만 남자는 한지혜의 예상과 달리 말을 건네지 않고 그녀를 지나쳐 안쪽으로 걸어 들어갔다.

서병우를 처음 만난 순간을 생각하면 긴장한 채 자기소개를 하던 모습이 가장 먼저 떠올랐다. 주승우가 경찰로 일하던 때였다. 6년 전이었다. 형사과에서도 강력반은 인기가 없는 편이어서 신입이 들어온 것은 오랜만이었다.

당시 근무하던 강력반 선배들은 서병우를 주승우에게 붙여주었다. 주승우는 형사로서 능력이 탁월하고 조직의 생리나 그에 얽힌 인간관계도 잘 이해하지만 괜히 쓸데없이 일을 벌여서 주변을 귀찮게 만든다는 평가를 받았다. 선배들은 거의 해결한 사건을 두고 주승우가 뭔가 이상하다고 말하면 경기를 일으켰다.

아예 틀리면 모르는데 각을 잡고 파보면 이상한 점이 하나둘 생기다 사건의 전제 조건이 아예 무너지기까지 했다.

그런 주승우에게 서병우를 붙여주는 건 신입 교육이라는 이유도 있지만 주승우가 독자적으로 사건을 조사할 때 자신들을 귀찮게 하지 말라는 의미이기도 했다. 그때도 주승우는 운전에 서툴렀다. 장거리를 움직일 때마다 운전할 줄 아는 동료 형사가 옆에 붙어야 했다. 전환기관에서 임호가 하는 역할을 서병우가 먼저 했다.

같은 경찰서에서 근무하던 몇 년 동안 주승우는 서병우와 함께 많은 사건을 해결했다. 처음에 주승우가 하는 말도 제대로 이해하지 못하던 서병우는 언젠가부터 자기 의견을 내면서 어엿한 형사로 성장했다. 대체로 얕고 넓은 주승우의 경찰 시절 인간관계 중에 가장 깊다고 할 만한 것이 서병우였다.

주승우가 10년간의 경찰 생활을 끝내고 전환기관으로 이직하기로 했을 때 서병우에게서 연락이 왔었다. 간단한 인사치레를 나눈 뒤 서병우가 말했다.

"그런데 의외입니다. 다른 사람은 몰라도 선배님은 절대로 경찰을 그만두지 않으실 것 같았는데."

"왜 그렇게 생각하는데?"

"선배님만큼 경찰로서 직무에 충실한 분은 없었으니까요. 음…… 의무를 갑옷처럼 두른 것 같다고 할까요?"

"서병우 많이 컸네. 선배를 다 평가하고."

주승우가 짐짓 목소리를 낮췄지만 기분이 나쁘다는 의미는 아니었다. 서병우도 아는지 웃음 섞인 목소리로 말했다.

"그럼요. 많이 컸죠."

서병우의 목소리에서 어두운 기색은 느껴지지 않았다. 어떤 징조도 증거도 예감도 없었다.

"주승우, 너는 서병우한테 무슨 일이 있었는지 아는 거야?"

연락을 받고 현장에 도착한 이인영은 서병우의 시신을 보고 한참 말없이 서 있었다. 경찰로 일하면서 많은 시신을 보았지만 동료의 시신을, 그것도 자살한 동료의 시신을 보게 될 줄은 상상하지 못했을 것이다.

"자살했지요. 그것도 확실하게."

"그건 나도 봐서 알아! 권총으로 머리를 박살 내면서 그것도 모자라 건물 옥상에서 뛰어내린 이유를 아느냐고!"

그 말에 주승우는 고개를 저었다.

"안다고 확신했는데 아니었던 것 같습니다."

"아는 거라도 말해봐."

"아직 확신이 서지 않아 말할 수 없습니다."

"도대체 뭘 알고 있는데!"

이인영이 주승우의 멱살을 잡으려고 하자 경찰들이 두 사람을 떼어 냈다. 형사들이 이인영 반장을 끌고 갔다.

"죄송합니다. 평소에 저렇게 흥분하시는 분이 아닌데. 두 분, 서 형사랑 같은 경찰서에서 근무하셨다고요?"

주승우는 고개를 끄덕였다.

"요원님도 충격이 크실 텐데 죄송하지만 경찰서에 가서 어떤 일이 있었는지 조사할 수 있을까요?"

현직 형사가 사망한 사건인데도 형사의 말투는 정중했다. 서병우가 자살한 정황이 확실했고 주승우가 그걸 막으려 했음을 알기 때문일 것이다.

본디 조용했을 폐허는 현장을 감식하는 국과수 요원들과 경찰들로 소란스러웠다. 서병우의 시신은 이미 구급차로 옮겨졌다. 누가 봐도 확실한 죽음이었다.

시신이 실려 가고 남은 자리에 굳어가는 피 웅덩이만 남아 있었다. 주승우는 순순히 형사들을 따라갔다. 현장에 있던 임호도 같이 경찰서로 동행했다.

"미안하다, 나 때문에."

"아닙니다. 그보다 괜찮으십니까?"

"괜찮아. 네가 걱정하는 일은 만들지 않을 거야."

임호는 무슨 말을 하다가 입을 닫았다. 지금 주승우에게 필요한 것은 침묵임을 알기 때문이었다.

무진경찰서에서 진행된 조사는 다분히 형식적이었다. 같은 공간에서 일하던 동료 경찰이 충격적인 방식으로 자살했다. 누구라도 그 일을 자세히 파헤치고 싶지 않을 것이다. 사건이 일어나기 직전 서병우의 행동은 이상했다. 전환기관 요원을 수갑으로 제압하고 도망쳤다. 이미 냄새를 잘 맡는 몇몇 기자가 경찰서 주위를 돌면서 정보를 캐고 있었다. 퇴근한 무진경찰서 서장이 급히 나와 직원들의 입을 단단히 단속했다. 그런다고 새어 나갈 정보를 완전히 막지는 못하지만 적어도 대처할 시간은 벌어줄 것이다.

주승우는 오늘 있었던 일을 상세하게 들려주었다. 형사들은 주승우에게 어떤 혐의점이 있는지 조사하기보다 어떤 일이 있었는지를 조사하려는 것 같았다. 옥상에서 서병우와 무슨 이야기를 했는지를 물었다. 주승우는 어디까지 얘기해야 하는지 고민했다. 이 자리에서 이예림에 대해 이야기하는 건 섣부른 짓이었다. 그래서 그 부분의 진술이 다소 모호해졌고 형사는 금방 이상한 점을 느끼고 이것저것을 캐물었다. 상황이 마음에 들지 않기는 주승우도 마찬가지였지만 아직 한 사람의 이야기를 더 들어야 했다. 그 덕분에 신문 시간은 계속해서 늘어졌다.

경찰 조사가 끝난 건 자정이 지난 시간이었다. 조사가 먼저 끝난 임호가 주차장에서 기다리며 하품을 하고 있었다.

"정신없는 하루였지?"

"하루는 이미 끝났습니다. 새 하루가 시작된 지 칠 분째네요."

"먼저 퇴근해도 되는데 뭐 하러 기다렸어."

"이 시간에 무진시에서 세종시까지 어떻게 오시려고요? 뭣보다도 선배 옆에 붙어 있으면 내일 오후에 출근하게 커버 쳐주실 거 아닙니까."

"오후 출근은 무슨, 내일은 그냥 통째로 쉬자."

"오, 정말입니까?"

"그래. 우리 둘 다 너무 피곤한 하루였으니까."

세종시로 복귀하는 길에 두 사람은 아무 말도 하지 않았다. 임호는 떨어지는 집중력으로 간신히 운전했고 주승우는 어떻게 이 사건을 해결할지 고민했다. 하지만 피로한 두뇌는 논리적인 생각보다는 주승우를 우울한 상상으로 끌어들였다. 때마침 밤이었고 어둠을 응시할수록 그러한 상상은 점점 자라나 주승우는 손가락을 움직일 기운조차 남지 않았다. 몸이 깊은 곳으로 가라앉는 것 같았다. 그 무력감 속에서 주승우는 오래전에 죽은 이연우를 생각했다.

"선배님, 도착했습니다."

임호의 말에 주승우는 정신을 차렸다. 온몸을 감싸던 무력감이 썰물처럼 빠져나갔다. 의식하지 못한 사이에 잠든 모양이었다. 주승우는 가볍게 손짓으로 인사하고는 휘청거리며 아파트로 들어갔다. 그렇게 길고 긴 하루가 끝이 났다.

이연우는 죽기 전날 주승우에게 그동안 고마웠다는 문자 메시지를 보냈다. 주승우는 왜 이런 문자를 보내느냐고 물었다. 그냥이라는 대답이 돌아왔다. 주승우는 뭐라고 대답했던가. '그래'라고 했던가, 아니면 그냥 픽 웃고 말았던가. 기억나지 않았다.

주승우와 이연우는 고등학교 1학년 때 같은 반이었고 퍽 친한 사이였다. 무엇 때문에 친해졌는지는 기억나지 않았다. 지금 주승우가 이연우를 떠올릴 때 가장 먼저 생각나는 건 함께한 추억보다는 죽음과 그 죽음을 감당하느라 말라가는 그의 아버지였다.

2학년 1학기 기말고사가 끝나는 날 이연우는 건물에서 투신해 자살했다. 죽은 날 때문에 성적을 비관해 자살했다는 소문이 돌았다. 이연우와 친했다는 걸 아는 친구들이 때때로 어떻게 된 거냐고 묻기도 했다. 주승우는 할 말이 없어 궁색해졌다. 2학년이 되면서 주승우와 이연우는 만날 시간이 줄어들었고, 그즈음 주승우는 이연우에 대해 아는 것보다 모르는 것이 더 많아졌다.

그 물음에 대답해주고 싶어서 주승우는 이연우의 아버지가 한 부탁에 순순히 응했는지도 모르겠다. 이연우의 아버지는 아들이 왜 죽었는지 궁금해했다. 아무리 생각해도 도무지 이유를 모르겠다고, 네가 잘 알지 않느냐고. 그건 주승우도 마찬가지였다. 주승우는 그 여름방학 내내 이연우를 조금이라도 아는 사람들을 찾아 이연우에 대해 묻고 다녔다. 수사고 조사고 아무것도 모를 때였다. 그저 묻고, 이야기를 들었다.

그리고 한 달이 지나 한 카페에서 이연우의 아버지와 대면한 주승우는 자신이 알아내고 결론 내린 사실을 들려주었다. 건물 밖에서는 매미 울음소리가 아스라이 들려왔다. 이연우의 아버지는 가만히 이야기를 듣더니 얼굴을 손에 묻고 울었다.

과거의 편린으로 가득한 꿈을 꾸며 내리 열 시간을 자고 일어난 주승우는 가장 먼저 뉴스를 확인했다. 언론은 전날 일어난 한 형사의 자살 사건을 비중 있게 보도했다. 처음 언론에 보도된 시간을 확인했다. 오전 7시경에 단독 타이틀을 달고 무진시의 한 형사가 권총으로 자살했다는 뉴스가 보도되었다. 곧 여러 언론에서도 비슷한 소식을 전했다. 자살 사건이 무진경찰서 소속 형사라는 점과 최근 이예림 사건의 초동수사 실패로 징계를 받았다는 것까지 보도되었다. 사실상 서병우라는 인물을 특정할 만큼 정보가 공개되었다. 사람들의 관심이 집중된 만큼 무진경찰서에 이 사건에 대한 문의가 쇄도했고, 결국 무진경찰서에서 오후 2시경 기자회견을 열기로 결정되었다.

점심을 먹고 2시가 되기를 기다리던 주승우는 뉴

스를 시청했다. 곧 경찰 제복을 입은 무진경찰서 서장이 기자들 앞에 섰다. 그가 카메라 앞에 고개를 깊이 숙이며 인사했다. 카메라 플래시가 연신 터졌다. 경찰서장은 오전에 보도된 무진경찰서 소속 형사의 권총 자살 보도가 사실이라고 인정했다. 기자들이 연달아 손을 들었다. 가장 가까이에 있는 기자에게 발언권을 주었다.

"권총으로 머리를 쏜 뒤에 건물에서 투신했다고 하는데 사실입니까?"

처음부터 던져진 적나라한 질문에 경찰서장이 한숨을 내쉬었다.

"사실입니다."

기자들 사이에서 웅성거림이 커졌다. 경찰서장은 과열된 열기를 진정시키려고 하면서 질문에 답변했다.

"자살한 형사는 최근 시신이 발견된 여성이 실종되었을 당시 부실한 초동 수사를 했다고 언론 보도되었으며, 그 때문에 심적으로 많이 힘들어했다는 증언이 있는 것으로 압니다."

"현장에 다른 인물이 있었던 것은 사실입니다. 그는 형사의 옛 동료이고, 무진시를 방문한 김에 그를 찾은 것으로 조사되었습니다. 그 인물에게 이 사건과 관련된 혐의점은 없는 것으로 확인되었습니다."

무진경찰서장은 기자들이 던진 여러 질문에 답변했다. 답변들은 기본적으로 사실 관계가 명확했으나 이 사건을 하나의 결론으로 이끌기 위한 것이기도 했다. 서병우의 불안한 심리 상태로 일어난 사건이라는 것이었다.

"밤새 준비한 게 그거였군."

주승우가 중얼거렸다. 인간은 결코 타인의 마음을 엿볼 수 없다. 몸이나 표정에 드러난 흔적으로 인간의 심리 상태를 유추한다지만 그 방법에도 한계는 명백했다. 화려한 스타가 사실은 의식이 없는 여성에게 성욕을 느끼는 성폭행범일 수도 있고, 누구에게 말 한마디 걸지 못하던 소심한 남자가 시신을 토막 내는 연쇄살인범일 수도 있다. 인간이 자기 마음을 말하지 않는 한 누구도 그 사람의 마음이 어떤지 알지 못한다. 마음의 불투명함은 때로는 진실을 숨기는 도구로 이용되기도 하는 법이다.

곧 주승우의 휴대폰이 울렸다. 이인영이었다.

"기자회견 봤어?"

"네, 반장님."

이인영이 잠시 침묵한 후에 말했다.

"그렇게 되었다."

"서병우가 따로 남긴 게 있습니까? 유서라든지 그런 거요."

"네가 어제 병우를 찾아온 거 말이야. 전환기관 업무와 관련된 거야?"

"여전히 감이 좋으시네요."

서병우가 주승우에게 배웠듯이 주승우도 이인영에게 수사를 배웠다. 여러 정보를 조합해서 단숨에 결론으로 도달하는 주승우의 수사 방식은 이인영에게서 기인한 것이기도 했다.

"너만큼 좋지는 않지만."

이인영이 말을 이었다.

"어제 그렇게 병우를 보내고 계속 생각했어. 도대체 왜 그런 일이 생겼을까? 처음에는 네가 개인적으로 병우를 만나러 왔다고 생각했지만 뒤에 일어난 사건을 봤을 때 그게 말이 안 된다는 생각이 들더군. 그렇다면 공적인 업무로 찾아왔다는 건데. 전환기관에서 네 임무는 전환과 관련된 범죄를 찾는 거지. 거기서부터 시작했어."

서병우가 전환과 관련된 일이 무엇일까. 증거 없이 한 사람이 범죄를 저질렀다고 가정하는 것은 경찰로서 해서는 안 될 일이었지만 이인영은 서병우가 범죄를 저질렀다고 가정한 후 추리를 시작했다. 그중에서 전환과 관련된 것은 무엇일지를 찾았다. 바로 기억나는 일이 있었다.

"강병찬이 바로 생각나더군. 마지막 피해자는 자기가 죽이지 않았다고 했었지. 전환형을 피하려고 헛소리를 하나 싶었지. 최근에 강병찬이 활동하던 시기에 실종된 여자아이의 시신이 발견되었고. 공교롭게도 두 사건을 담당한 게 서병우였어."

증거가 없더라도 서병우를 고리로 두 사건을 연결 짓는다면 말이 안 되는 것도 말이 된다. 일선 형사가 증거를 조작하는 일쯤은 간단하다. 이인영도 같은 생각을 했다. 서병우와 한지혜의 관계를 모르더라도 두 사건에 서병우가 무언가 관여한 것은 눈치챘다. 충격적인 서병우의 죽음이 그 판단의 지렛대 역할을 했을 것이다.

"거기까지 생각하니 네가 찾아온 이유가 짐작되었어. 병우가 왜 그런 선택을 했는지도 이해되었고 말이야."

"그 추측을 상부에도 보고하셨습니까?"

"당연하지. 나는 너랑 입장이 다르잖아. 승우야,

만약 병우가 한 일이 세상에 알려지면 옷 벗을 사람이 한두 명이니? 전환기관이랑 너한테도 좋을 일이 없을 거야."

이인영이 타이르듯이 말했다.

"경찰서장이 용케 그 말을 들어줬군요."

"그만큼 일어난 사건이 충격적이었으니까. 서병우의 죽음에 어떤 비밀이 있다고 생각했겠지. 여기서 더 파면 안 된다는 직감이 들었나 보더군."

이 사건이 알려졌을 때 퍼질 파장은 감히 상상도 못 할 것이다. 강병찬이라는 연쇄살인범과 관련된 일이라는 점에서 파급력은 더욱 크다. 단순히 경찰서장이 옷을 벗는 정도에서 끝나지 않는다. 강병찬 사건을 조사한 형사들, 경찰들까지 피해가 갈 것이다. 주승우가 수사에 참여한 것은 공식적인 기록 어디에도 남아 있지 않아 뻔뻔하게 나간다면 책임에서 벗어나겠지만 주승우는 그런 마음은 들지 않았다.

"만약 네가 이 일을 밝히고 나서면 앞으로 경찰이랑 전환기관의 공조에도 금이 갈 거야. 그건 너도 바라는 일이 아니잖아."

수사권과 기소권이 없는 전환기관으로서 경찰, 검찰과의 공조는 올바른 전환형 집행을 위해서도 꼭 필요했다. 주승우가 가진 가장 큰 재산은 경찰 시절 구축하고 전환기관에 와서도 꾸준히 늘린 경찰 내부의 인적 네트워크였다. 이인영은 그 점을 지적했다.

"무엇보다도 병우를 좀 생각해봐."

이인영의 목소리는 설득한다기보다 사정하는 데 가까웠다. 형사로서 서병우의 능력은 남들보다 훨씬 뛰어났으며, 이인영은 그런 서병우를 평소에 많이 아꼈다. 그렇기에 주승우는 이인영을 이해했다. 비겁하다고도 생각하지 않았다. 그럼에도 마음이 싸늘하게 식어가는 건 어쩔 수 없었다.

"아무도 그 아이는 생각하지 않는군요."

"그 아이라니?"

"아무것도 아닙니다, 반장님."

"……."

차가운 주승우의 말에 이인영은 잠시 말이 없었다. 그가 잠깐의 침묵에 이어 말했다.

"너는 이미 마음을 정했구나."

목소리가 낮게 가라앉았다. 보이지 않았지만 굉장히 피로한 얼굴을 하고 있을 것이다.

"미안하다. 이런 말을 하려고 연락한 게 아닌데…… 우리는, 경찰은 병우의 죽음을 심리적 요인으로 인한 자살로 결론 지으려 하고 있어. 네가 어떤 결정을 하든지 간에 경찰 쪽에서 큰 반발이 있을 거야."

"감사합니다, 반장님."

주승우가 짧게 말하고 전화를 끊었다. 이인영과 통화하는 동안 전환기관 기관장에게 짤막한 문자 메시지가 도착해 있었다.

—경찰 쪽에서 압박이 들어오고 있음. 어떻게 할지는 본인이 판단할 것. 답장할 필요 없음.

기관장의 신뢰는 감사했다. 다만 복잡하게 꼬인 이 상황에서는 차라리 대신 판단해줬으면 어땠을까 싶었다. 그러면 순응이든 반발이든 했을 텐데.

이인영이 맞을지도 몰랐다. 어차피 되돌리지 못하는 일이었다. 이예림은 전환될 수 없는 상태다. 서병우의 죽음을 개인의 책임으로 미루고 이쯤에서 묻는 것이 경찰에게는 최선의 선택일 수도 있었다. 그 최선의 결과를 얻기 위해서 경찰이 행동에 나섰다. 주승우가 경찰의 선택에 따르지 않으면 압박은 더욱 강해질 것이다. 하지만 경찰이 잘못 판단한 게 한 가지 있었다.

"이건 내가 결정할 일이 아니야."

때마침 전화가 걸려왔다. 오늘따라 주승우를 찾는 사람이 많았다.

"네, 한지혜 변호사님."
한지혜는 주승우에게 한번 만나자고 했다.

한지혜가 전환기관의 의료 기관에서 막 퇴원한 뒤에 돌아온 집은 냉기로 가득했다. 파견 근무를 위해 무진시에 구한 오피스텔로 6개월 정도 머물렀다. 전환기관으로 마중 나온 아버지는 한지혜를 데려다주며 편히 쉬라고 말했다. 같이 있어줄지 물었지만, 한지혜가 거절했다. 애초에 좋은 부녀 사이는 아니었다.

잠시 머물다 가는 곳이라고 생각해 오피스텔에는 기본적인 가구를 제외하면 따로 들인 것이 없었다. 한지혜는 신발을 벗고 거실로 들어갔다. 바닥에서 올라오는 한기가 발바닥으로 스며들었다. 보일러를 켜자 온기가 서서히 차올랐다. 오래 비워둔 바닥에 얇게 먼지가 쌓여 있었다. 한지혜는 괜한 마음으로 집을 둘러봤다. 가구 배치나 물건의 위치가 마지막으로 기억하던 것과 다르지 않았다. 달라진 부분이 있다면 잃어버린 일주일 사이에 한지혜가 바꾸어놓았을 것이다.

일주일의 공백은 지금 한지혜가 가장 골몰하는 일이었다. 한지혜는 그 일주일이 영 실감이 나지 않았다. 물론 변호사로서 누구라도 범죄의 표적이 될 수 있으며 사건 사고는 예상치 못할 때 일어난다는 것을 잘 알고 있었다. 그런데도 자신이 살해당했다니 이상했다. 사건 조서에 기록된 스스로의 행동에 위화감을 느꼈다.

김유용은 한지혜가 사건 당시를 기억하지 못한다는 걸 확인하자 사건 경위를 조사하는 절차를 그냥 넘어가려고 했다. 한지혜가 자신에게 일어난 일을 얘기해달라고 부탁했다.

강병찬은 데이팅 앱을 통해 표적을 찾고 집까지 유인해 살해하는 수법을 이용했다. 그 대상은 주로 앱을 통해 성매매를 하는 여성이었다. 한지혜는 전혀 다른 유형의 인물이었다. 김유용은 어깨를 으쓱하더니 말했다.

"경찰은 강병찬이 세 번째 피해자인 추승호를 살해하고 나서 자신감을 얻었을 것으로 추정합니다."

"그건 왜죠?"

"강병찬은 소심하고 내성적인 성격을 가졌습니다. 일반적인 통념과 다르게 소심하고 내성적인 사람이 반드시 선한 것은 아니죠. 자존감이 낮은 인물도 소심하고 내성적인 인간이 되는 법입니다. 그런 사람들은 인간관계에 서투른데 그러다 보면 결국 사회에서 고립되

다가 이렇게 폭발하듯이 범죄를 저지르곤 합니다.”

전환기관 소속이어서인지 김유용은 의사이면서 범죄 관련 지식이 풍부했다.

“추승호는 덩치가 크고 팔다리에 문신이 가득하죠. 강병찬은 학창 시절에 괴롭힘을 당했다는데 아마 그때 강병찬을 괴롭히는 유형 중에 추승호와 비슷한 사람이 있었을 겁니다.”

“강병찬이 그런 추승호를 살해하고 자신감을 얻었다. 그래서 저를 노린 걸까요?”

“그렇게 추정됩니다. 강병찬이 한지혜 씨를 살해한 방식은 이전과 양상이 좀 다르기는 하지요. 이전 범행에서 자신감을 얻었다면 범행 수법이 좀 더 대담해질 수 있습니다.”

이후의 사건 전개에 대해 경찰이 밝혀낸 내용은 이랬다. 강병찬과 한지혜는 앱으로 대화한 후 약속 장소에서 만났고 곧 그의 집으로 가 살해당했다. 강병찬의 집에서 발견된 한지혜의 머리카락과 핏방울 같은 DNA가 핵심 증거였다. 그런 과정이 한지혜에게는 이상해 보이기만 했다. 당시 이미 애인이 있었기 때문이다.

강병찬이 불에 태워서 한지혜는 당장 가지고 있는

휴대폰이 없었다. 아버지가 휴대폰을 하나 사서 한지혜에게 건네주었다. 한지혜는 가장 먼저 애인에게, 그러니까 서병우에게 전화를 걸었다.

한지혜가 주승우에게 공원에서 만나자고 했다. 임호를 부를 수는 없어 주승우는 택시를 타고 갔다. 한지혜가 양산을 받쳐 들고 벤치에 앉아 있었다. 주승우는 말없이 그 옆자리에 앉았다. 옆을 돌아보니 이제 한지혜를 상징하는 것처럼 느껴지는 붉은 띠 같은 흉터가 보였다.
"좀…… 의외의 장소군요."
"요원님도 영화나 드라마에서처럼 분위기를 잘 잡아야 한다고 생각하세요?"
"그건 아닙니다. 날씨가 더워서 주변에 아무도 없군요. 좋은 장소를 골랐습니다."
무더위가 한풀 꺾였다지만 해가 한참 높은 오후에는 사람들이 야외 활동을 잘 하지 않았다. 공원에는 주승우와 한지혜만 있었다. 한지혜가 먼저 운을 뗐다.
"아침에 뉴스를 보고 그 사람이다 짐작했어요. 기자회견을 보고 나서 확신했어요."
"충격을 받진 않았습니까?"

한지혜는 고개를 끄덕였다.

"네, 사실 모든 걸 짐작했지만 한편으로는 제가 틀리기를 바랐어요. 그 사람의 죽음은, 자살은 한편으로 자신의 죄를 자백했다는 의미겠죠."

"서병우가 어떤 선택을 할 거라 생각했습니까?"

"모르겠어요. 제가 전환된 이후 우리는 거의 만나지 않았어요."

한지혜는 잠시 말을 멈추더니 눈앞의 호수를 응시했다.

"전환된 이후로 저는 많은 부분이 달라졌어요. 주변 사람들도 그렇지만 저 자신이 가장 크게 느껴요. 전환되기 이전에 본 그 사람에 대한 기억과 평가가 올바른 걸까요? 감히 판단할 수 없었어요. 그래서 제가 믿는 바에 따라 움직일 수밖에 없었어요."

"어떤 것 말입니까?"

"제 전환이 잘못되었다는 거요."

"……."

"이런 말이 당황스러우시겠죠."

"네, 갑작스럽지만 묻겠습니다. 서병우와는 어떻게 만나셨습니까?"

"변호사여서 의뢰인 문제로 무진경찰서에 갈 일

이 여러 번 있었어요. 그 사람하고는 오며 가며 몇 번 마주쳤는데 주말에 혼자 영화를 보러 갔다가 딱 맞닥뜨렸어요. 저는 회사 일 때문에 파견을 와 있었고, 그 사람도 비슷한 신세더군요. 타지에서 서로 외로운 처지여서 금방 가까워졌어요."

"얼마나 좋아했나요?"

한지혜는 싱긋 미소를 지었다.

"서로 잘 맞았어요. 파견이 끝나고 서울로 돌아가더라도 계속 만날 생각이었어요. 그때는 그 사람이 나를 이렇게까지 생각할 줄은 몰랐어요."

"언제부터 이상하다는 걸 느꼈습니까?"

"전환된 직후부터요. 집에 돌아와서 연락했는데 전화를 받고는 단호하게 말하더군요. 우리는 헤어졌고 나는 당신이 살해당한 사건을 수사한 형사라고요. 이 사실이 알려져선 안 된다고요."

"주요 피해자와 형사가 가까운 사이인 건 전환형 제정 이전에도 수사에 배제되는 주요한 이유였습니다."

"그 사람도 같은 말을 하더군요. 하지만 제겐 설명으로 불충분했어요. 어쩌다가 헤어졌는지, 왜 제가 그렇게 되었는지 알려달라고 했어요."

"뭐라고 하던가요?"

"자기가 질려서 헤어지자고 했다더군요. 그래서 제가 어쩌다가 사건에 휘말렸는지 모른다고 했어요, 그렇게 말하곤 연락을 끊었습니다."

"믿었습니까?"

"예전이었다면 거기서 끝났을 거예요. 하지만 그땐 다시 살아난 직후였죠. 기억의 공백에 대해 알아야 한다고 생각했어요. 무작정 무진경찰서로 찾아갔어요. 얼굴을 보고 물어보려고 했죠."

"서병우에게는 아주 곤란한 상황이었겠군요."

"지금 생각해보니 그렇겠네요. 만약 저와 그 사람이 같이 있는 걸 봤다면 동료 형사들이 이상하게 생각했겠죠. 불행인지 다행인지 경찰서에 찾아갔을 때 동료랑은 마주치지 않았어요. 그 대신에 다른 사람을 봤죠."

"누굽니까?"

"이예림의 어머니요."

한지혜가 경찰서에 도착했을 때 가장 먼저 본 것은 이예림의 어머니와 서병우가 실랑이를 벌이고 있는 장면이었다.

"이예림의 어머니가 계속 사건 담당 형사를 불러달라고 하니 나갔죠."

"때마침이라고 할 만했어요. 그 사람이 이예림의 어머니에게 고개를 숙이면서 뭐라고 말하더군요. 아마 수사가 답보 상태인 데 대해 사과하던 거겠죠. 그때 그 사람이 저를 발견했어요."

"어떻게 반응했나요."

"얼굴이 창백해지더군요. 저랑 이예림의 어머니를 번갈아 보더니 도망쳤어요. 그 자리에 남은 저와 이예림의 어머니는 영문을 몰랐어요. 그때까지만 하더라도 제가 그분과 어떤 연관이 있을 줄은 상상도 하지 못했어요."

"이상하다고 생각했지만 그것만으로는 알 수 없었겠군요."

"시신이 발견되고 그게 이예림이라는 사실이 밝혀지면서 그때야 저와 그분이 연관되어 있다는 걸 알게 되었어요. 그 사람이 관련되어 있다는 것도요."

주승우는 모든 일이 참 공교롭다는 생각이 들었다. 한지혜는 우연히 서병우와 이예림의 어머니가 같이 있는 걸 보고 이상하게 생각했다. 홍수가 나지 않았다면 이예림의 시신은 발견되기 어려웠을 것이다. 아니, 오히려 무너지는 토사에 휩쓸려 영영 찾지 못하게 되었을 수도 있었다. 모든 우연이 엮이면서 서병우가 숨기려고 한 것들이 세상에 하나둘 드러났다. 주승우는 처음으로 돌아갔다.

"시작은 강병찬이 당신을 죽이지 않았다는 진술이었습니다. 그 진술을 듣고 다시 한번 사건 자료를 조사해봤습니다. 정황과 증거는 명백하게 강병찬이 당신을 살해한 사실을 뒷받침하고 있었습니다. 먼저 데이팅 앱에 당신과 강병찬이 나눈 대화 내역이 있었습니다. 강병찬은 당신이 약속 장소에 나타나지 않았다고 주장했습니다. 두 사람이 만나기로 한 장소에는 CCTV가 없어서 강병찬의 주장이 사실인지 증명할 방법은 없었습니다. 두 번째는 강병찬의 집 곳곳에서 발견된 당신의 머리카락과 혈흔입니다. 경찰과 검찰은 이러한 증거를 바탕으로 강병찬이 당신을 살해했다고 판단했습니다. 저도 그런 증거에 근거해 강병찬의 주장이 전환형을 피하려는 거짓 진술이라고 여겼습니다. 만약 강병찬의 말이 사실이라면 증거가 조작되었을 거라는 말입니다. 보통은 거기까지 의심할 이유는 없지요."

"하지만 그 사람이 마음만 먹으면 조작도 가능한 거죠?"

주승우는 고개를 끄덕였다.

"서병우는 강병찬 사건을 수사한 인물입니다. 만약 증거를 조작하고자 했다면 얼마든지 가능했을 겁니다. 방법은 여러 가지가 있습니다. 증거 수집을 핑계로 사건 현장에 드나들 수 있었죠. 그때 미리 준비한 머리카락과 혈흔을 남들 몰래 현장에 놓아두는 겁니다. 앱도 충분히 조작 가능합니다. 요즘 휴대폰은 사용자의 지문으로 간단히 잠금을 풀 수 있지요. 아니면 패턴을 알았을 수도 있고요. 연인이었으니 서 형사는 당신 집에 들어갈 수 있고, 휴대폰에도 쉽게 접근할 수 있었을 겁니다. 앱 목록에서 강병찬을 찾아 연락했겠지요."

"강병찬을 어떻게 알았을까요?"

"이예림의 실종을 수사하던 과정에서 알게 되었을 겁니다."

주승우는 강병찬이 활동하던 무진시의 주택가를 떠올렸다.

"강병찬은 추승호를 살해한 이후 자신감을 얻었을 겁니다. 강병찬보다 더 덩치가 크고 위압감을 주는 남자였죠. 그런 사람을 혼자 힘으로 살해하면서 범행 수법이 더욱 대담해졌을 겁니다."

그 지역 주민들은 대중교통을 이용하기 위해서 근

처에 있는 버스 정류장으로 모여야 했다. 과거 김경호
는 강병찬의 여성 취향을 이야기한 적이 있다. 첫 번
째 피해자와 두 번째 피해자는 공통된 외모적 특징을
지녔다.

"하얀 피부, 긴 생머리, 눈이 약간 뾰족하고."

"네?"

"첫 번째, 두 번째 피해자의 외모적 특징이자 이예
림의 외모적 특징입니다. 강병찬은 표적을 철저하게
자신의 취향에 맞췄죠. 같은 동네에 살던 강병찬과 이
예림은 오며 가며 마주쳤을 겁니다. 그럴 때마다 강병
찬은 이예림을 눈에 담아두었겠죠."

"이전과는 완전히 다른 패턴이네요."

"맞습니다. 당시 그 지역은 공동화가 진행되었고
오래된 주택은 비어 있었습니다. 보안도 형편없어서
밤이면 근처의 비행 청소년들이 그 집에 숨어들고는
했다더군요. 강병찬도 그러한 광경을 보았을 겁니다.
그리고 어느 날 골목에서 홀로 걷던 이예림을 발견했
을 겁니다."

"어떻게 했을까요?"

"유골에 남은 흔적을 봤을 때 머리를 내려쳐 기절
시킨 후 미리 봐둔 빈집으로 데려갔을 겁니다. 이예림

은 거기에서 살해당했을 겁니다. 대담해져서 충동적으로 살인을 저지르고 그걸 처리하는 데 곤란을 느꼈을 거예요. 흥분이 가라앉자 당장 시신을 처리할 방법이 없다는 걸 깨달았겠죠. 강병찬은 인적이 드문 새벽에 자기 집에서 시신을 처리할 생각으로 자리를 비웠을 겁니다. 차를 가져오려고요."

이제 서병우가 등장할 차례였다. 주승우는 자신처럼 그 지역에서 이예림의 행방을 찾을 서병우를 생각했다.

"이예림의 어머니는 홀로 키우는 만큼 아이의 안전에 많은 신경을 썼습니다. 딸과 연락이 닿지 않자 곧 경찰에 신고했죠. 서병우는 바로 수사에 나섰을 겁니다. 서병우는 어머니에게 이예림의 동선을 물었고, 학원에 가기 위해서 버스를 타는 걸 알았죠. 그 지역은 배차 간격이 깁니다. 요즘은 버스마다 CCTV가 설치되었는데 그것부터 확인했을 거예요. 이예림이 버스에 타지 않았다는 걸 확인한 서병우는 그 지역의 빈집부터 살폈을 겁니다. 비행 청소년들이 자주 드나든다는 사실을 잘 알고 있었을 테니까요."

"그렇게 이예림을 발견했을까요?"

"그런 것 같습니다. 이제는 정확히 알 수 없는 이

야기죠. 현장에 남은 흔적만으로 강병찬을 추적하기는 불가능했을 겁니다. 과학 수사를 통해서 증거를 확보해야만 했죠. 운명처럼 서병우는 이예림의 시신과 마주한 겁니다. 서병우는 범인이 시신을 가지러 돌아오리라는 걸 직감했겠죠. 근처에서 그를 기다렸고, 새벽에 자동차 한 대가 그 집 앞에 서는 걸 보았겠고요."

"그게 강병찬이고요."

"강병찬은 평소와 비슷한 방식으로 시신을 처리하려 했을 겁니다. 자기 집에서 시신을 훼손한 후 잘 아는 장소에 은폐하는 것이죠. 강병찬이 자동차에 시신을 싣고 출발하자 서병우는 그 뒤를 쫓았습니다. 그렇게 추적한 끝에 이예림의 시신이 매장된 장소를 발견하고 시신을 확보했을 겁니다. 그리고……."

주승우는 한지혜를 바라봤다. 한지혜가 고개를 끄덕여 보였다.

"전환형을 회피하기 위한 시도로 보이기 위해서 당신의 몸을 훼손한 후 땅에 매장했을 겁니다."

"증거가 남아 있을까요?"

주승우는 고개를 저었다.

"재개발이 진행되면서 오래된 건물들을 많이 허물었습니다. 그보다 강병찬 사건을 전후로 그 지역의 빈 건물에서 화재가 여럿 일어났더군요. 범인은 잡히지 않았습니다. 경찰은 건물에 침입한 노숙자나 비행 청소년들이 추위 때문에 불을 피웠고 그게 번진 것으로 추정했습니다. 저는 서병우의 소행이라고 생각합니다."

"그중에 이예림이 살해당한 현장이 있고요."

서병우는 강병찬을 수사하면서 그 지역을 여러 번 들락거렸다. 그 지역의 방범 현황을 잘 알고 있었을 것이다. 주승우는 여기서 확인하고 싶은 일이 있었다. 한 번은 짚고 넘어가야 했다.

"서병우는 당신을 되살리기 위해서 이 모든 일을 꾸몄습니다. 그런데 당신이 죽은 이유는 무엇입니까?"

한지혜는 고개를 들었다. 그녀는 하늘을 쳐다봤지만 주승우는 다른 것을 보고 있다고 생각했다.

"무진시에 있는 제 오피스텔 천장에 대들보 같은 게 있어요."

"한옥에 있는 그런 것 말이군요."

"네, 그리고 거기에 흠집이 남아 있었어요. 밧줄 같은 걸 걸고 무거운 물건을 매달아서 생긴 흠집 같은 거요."

주승우는 한지혜가 무슨 말을 하는지 알았다.

"매번 그런 장소를 찾았어요. 오피스텔에서 그 구조를 보고 저기에 줄을 매면 딱 좋겠다고 생각했어요. 그래서 거기에 흠집이 생긴 걸 바로 알 수 있었어요."

자신의 죽음을 준비하는 삶. 주승우는 그 말에 오래전에 죽은 친구를 떠올렸다.

그 여름 이연우의 죽음을 조사하면서 주승우가 내린 결론은 아무것도 모르겠다는 것이었다. 자살하기 직전에 이연우는 겉으로 예전과 다름없는 생활을 이어나갔다. 그의 죽음에는 학교 폭력이나 성적으로 인한 비관 같은 일은 끼어들지 않았다. 드라마나 영화처럼 누군가의 악의가 그를 죽음으로 몰아넣은 것이 아니었다. 그것이 주승우가 이연우의 아버지에게 전달한 진실이었고 이연우의 아버지가 받아들이기 힘들어한 진실이기도 했다. 시간이 지나고, 경찰이 되고, 나이를 먹으며 수많은 죽음을 목격한 주승우가 그마저도 인간의 한 모습이라는 걸 깨닫고 나서야 이연우의 죽음을 있는 그대로 받아들일 수 있었다. 누군가에게는 삶이 축복이 아니며 죽음이야말로 탈출구일 때도 있는 법이었다.

"이마저도 추측에 지나지 않아요. 죽기 전 일주일

동안의 기억은 통째로 사라지고, 그걸 말해줄 사람은 아무 말도 해주지 않았으니까요. 제가 죽기 직전까지 무엇을 느끼고, 어떤 생각을 했는지, 또 어떤 일을 겪었는지 영원한 비밀로 남게 되었어요."

연인이나 가족의 자살은 한 사람에게 큰 정신적 충격을 준다. 과거였다면 서병우는 충격을 받았겠지만 결국 한지혜의 죽음을 받아들였을 것이다. 하지만 지금은 죽은 인간을 되살릴 수 있는 시대이고 서병우는 그것에서 희망을 품었을 것이다. 그 대가로 한 사람의 영원한 죽음과 경찰로서의 명예를 맞바꾸었다.

"서병우는 선을 넘은 순간 확실히 일을 처리하려 했습니다. 자신의 죽음마저 이용했지요. 모든 진상을 아는 서병우가 죽고 증거가 없으니 경찰은 이 사실을 받아들이지 않을 겁니다. 아니, 이미 진실을 은폐하려 하고 있습니다."

이인영은 이쯤에서 묻어두자고 했다. 주승우는 한지혜를 쳐다보며 물었다.

"이제 어떻게 하실 겁니까?"

"진실을 밝혀야죠."

"진실이라."

주승우가 되풀이하듯 중얼거렸다.

“왜 그렇게까지 하는 겁니까? 서병우한테 화가 난 겁니까?”

“그것도 있죠. 이대로 입을 다물고 사는 게 그 사람이 의도한 걸 테니까요. 무엇보다도 이예림이, 그 아이가 안타까워요. 얼마나 무서웠을까요. 그 아이는 살 권리가 있었어요. 그 권리를 빼앗은 건 제 의지가 아니더라도 결과적으로 제 책임이에요. 이예림의 어머니도 진실을 알 권리가 있어요. 저는 그 사람의 뜻대로 살 생각이 없어요.”

한지혜가 잠시 멈추었다 다시 말을 이었다.

“그 사람은 당신을 두고 의무를 갑옷처럼 두른 사람이라고 말했죠. 주승우 요원님, 저는 진실을 이 세상에 알릴 거예요. 도와주세요. 이 사건의 진실을 밝혀주세요.”

주승우는 진실을 밝히기 위해서 자신이 쌓아온 것들을 떠올렸다. 이 사건의 진실은 전환기관과 경찰의 관계에 균열을 만들고, 주승우가 쌓아온 것들을 무너뜨릴 것이다. 그 균열을 수습하기까지 얼마나 걸릴까. 그러다 문득 아무래도 상관없다는 생각이 들었다.

“한지혜 씨에게도 여파가 미칠 겁니다. 괜찮겠습니까?”

"당연하죠. 그 정도는 각오했습니다."

"아무것도 달라지지 않을 수도 있습니다."

"적어도 그 사람과 같은 걸 꾸미는 사람들한테 경종을 울릴 수는 있겠지요."

누군가가 부조리한 죽음을 맞이했을 때 살아남은 이들이 할 수 있는 일은 별로 없다. 그들은 죽은 자들을 바라보는 것도 고통스러워 죽은 자를 외면하기에 바빴다. 인간은 그런 부조리함에 해결책을 찾으려 했고, 죄를 심판하는 신과 사후 세계를 만들어냈다. 주승우는 전환과 전환형도 살아남은 자들이 그토록 찾아 헤매던 완전한 해결 방법 가운데 하나라고 생각해왔다. 여태껏 진실을 추구함으로써 그것을 더욱 완전하게 만드는 것이 임무라고 여겼다. 그 임무를 위해서 타협하고 공모했다. 이제는 부딪치고 싸울 때였다.

"그래도 그 아이는 돌아오지 못하겠죠. 이런 싸움도 오직 살아 있기에 할 수 있는 거죠. 죽은 사람은 이 모든 걸 느끼지 못하겠죠."

한지혜가 입술을 깨물었다.

"그렇지 않습니다."

"네?"

"죽은 사람이 되살아나는 세상입니다. 전환자가

신이나 사후 세계를 보았다는 증언은 없었습니다만 전환기관에 있으면서 저는 죽음 이후에 무언가가 있을지도 모른다는 생각이 자연스럽게 들더군요. 그러니 우리가 해야 하는 일이 단순히 살아 있는 자들의 넋두리인 것만은 아닙니다. 살아 있는 우리만 아니라 이예림에게도 분명 어떤 의미가 있는 일일 겁니다.”

한지혜는 아무 대답 없이 생각에 잠겨 있었다. 주승우는 다만 날씨가 참 덥다고 생각했다. 이예림도 같은 생각을 했을 것이다. 고3이 되었을 아이. 살고 있던 도시를 지긋지긋하게 여기면서도 좋아하던 아이. 어머니를 누구보다도 사랑하던 아이. 지금 주승우는 그 아이가 살아 있으면 좋겠다고 생각했다. 땀을 흘리면서 이 무더운 여름을 지긋지긋해하며 살아 있었으면 했다.

아주 오래전 이연우의 죽음을 조사하기 위해서 돌아다닌 여름, 그때 주승우는 자신의 행동이 어떤 의미인지 알지 못했다. 나이를 먹고 나서야 그 여름날 어떤 마음으로 무엇을 했는지 어렴풋이 이해했다.

애도였다. 겨우 고등학생이었던 주승우가 온전히 이해하기에는 너무나도 설익고 무거운 감정이었다. 마침내 어렴풋이 이해했을 때 주승우는 그 감정이 신념이라는 형태로 자신에게 녹아들었다는 걸 알았다.

그에게 진실을 찾는 것은 죽은 자를 애도하는 것과 다름없었다.

"이만 일어나 보겠습니다. 해야 할 일이 많아서요."

주승우는 하늘에서 쏟아지는 햇빛을 맞으며 무엇을 해야 할지 생각했다. 결심했으니 행동으로 옮길 때였다. 결과는 생각하지 않기로 했다. 그저 이예림만 생각했다. 그리고 그것이 여태까지 추구했던 바와 한 치도 다르지 않다는 것을 깨달았다.

욕망과 거짓의 진창 속에서 진실을 꺼내고 최상의 정의를 집행하는 것. 그것은 주승우의 임무였고 누구보다도 잘하는 것이었다. 부서지고 넘어지리라. 죽은 자가 되살아나는 세상이었다. 부서지고 무너진 것을 다시 쌓고 자리에서 일어나는 것은 그보다 쉬울 것이다.

작가의 말

작가의 말

집필을 마치고 작가의 말을 쓰고 있노라면 어쩐지 변명을 하는 듯한 기분이 든다. 이번엔 추리와 SF를 결합한 형태의 소설을 써봤는데 뼈대가 되는 사건에 논리적인 결함이나 빈틈이 있을까 봐 노심초사했다. 소설이 잘 풀리지 않을 때는 거실에서 자고 있는 개를 쓰다듬으며(우리 개는 으르렁거리며 싫어했지만) 어떻게 하지 어떻게 하지 고민하면서 문장을 이어나갔다. 그리고 이렇게 독자에게 건넬 말을 지금 쓰고 있다.

먼저 이 작품은 동명의 단편 소설을 원작으로 했다. 단편은 꽤 예전에 썼는데 세계관을 확장할 여지가 많았고 주변에서도 비슷한 평가를 해주었다. 그런 상황에 리디에서 연작화를 제안해 '전환기관'이 탄생할 수 있었다. 설정도 원본이 된 단편보다 풍부해졌고 내용이나 세계관도 확장되었다는 느낌이었다. 무엇보다도 주인공 주승우가 더 많이 활약할 기회가 생겨 기뻤다.

단편에서 장편 분량의 소설로 확장하는 과정에서 가장 먼저 고려한 점은 이 소설의 세계관이 현실 세계와 비슷해야 한다는 것이었다. 우리 세계에 '전환'이라는 현상이 실재한다면 어떻게 될까 하는 상상에서 이 소설이 시작되었다. 그런 만큼 작중 주승우가 수사하는 과정은 현실의 그것과 비슷하게 그리려고 노력했다. 관료적인 절차나 권한의 문제 때문에 주승우는 수사권이 있는 경찰이나 검찰에 끝없이 협력을 구해야만 한다. 소설에서 등장하는 범인들은 대부분 현실의 범죄자의 모습을 그대로 따왔다. 그들은 대부분 우둔하고 잘못된 선택을 하며 사회와 공동체 사람들에게 끝없는 악의와 분노를 품고 있다. 유감스럽게도 이러한 인물 유형을 상상하는 데에 그다지 큰 어려움은 없었다. 뉴스만 틀어도 그런 인물들이 널려 있었다. 악인에게 서사를 부여하지 말라는 말에 반감을 느끼는 편이지만 이 소설에서는 현실과 비슷한 악인을 만들다 보니 서사를 부여하고 싶어도 딱히 그럴 여지가 없었다.

이 소설을 현실의 사건을 염두에 두고 쓰지 않았다면 거짓말이다. '전환'과 '전환형'이라는 소재를 떠올린 것도 참혹한 범죄에 관한 이야기를 접하고 돌아가신 희생자들을 애도하는 마음에서 시작되었다. 그들이 살아 있고 범죄를 저지른 자들이 심판받기를 바라는 응보의 마음은 이 소설을 나아가게 하는 원동력이었다.

하지만 소설을 쓰는 과정에서 의문이 생기기도 했다. 과연 그런 가해자들이 생겨난 것이 그들만의 잘못일까. 잘못된 선택이란 선택하는 자 앞에 잘못된 선택지가 놓여 있을 때 생겨나기도 한다. 잘못된 선택지가 놓이지 않았더라면 그런 선택을 하지 않았을 것이다. 결국 어떤 범죄는 사회와 주위 환경이 그를 잘못된 선택을 하도록 유도한다. 그건 먼 나라의 이야기가 아닌 대한민국에서도 똑같이 통용되는 이야기다.

독자들에게도 이런 생각을 알리기 위해서 소설을 쓰지는 않았다. 소설의 가장 큰 역할은 결국 재미라고 생각하는 사람으로서 독자들이 무언가 많은 것을 느끼기보다는 그저 재미있다고 생각하면 좋겠다는 게 솔직한 마음이다.

소설을 쓰면서 주변 사람들의 많은 의견이 큰 도움이 되었다. 사소한 아이디어부터 소설의 흐름을 바꾸는 중요한 아이디어까지 게걸스럽게 흡수했다. 이 소설을 먼저 읽고 좋은 의견을 나눠준 분들에게 이 자리를 빌려 감사드린다.

작가의 말을 쓰며 소설을 되돌아보니 지난해 이 원고를 쓰면서 보낸 계절들이 고스란히 담겨 있었다. 눈썰미 좋은 독자들이라면 각 에피소드가 쓰인 시기를 눈치챌지도 모르겠다.

독자들이 그저 즐거웠으면 하는 바람을 품어본다. 다음에도 이렇게 인사할 기회가 있기를 바라며, 이만 안녕히.

전환기관

ⓒ 유진상 2026

초판 1쇄 인쇄 2026년 3월 1일
초판 1쇄 발행 2026년 3월 5일

지은이 유진상
펴낸이 유강문
문학팀 최해경 박선우 박지호
마케팅 김한성 조재성 박신영 김애린 오민정 우지윤

펴낸곳 (주)한겨레엔 www.hanibook.co.kr
등록 2006년 1월 4일 제313-2006-00003호
주소 서울시 마포구 창전로 70 (신수동) 화수목빌딩 5층
전화 02-6383-1602~3 **팩스** 02-6383-1610
대표메일 munhak@hanien.co.kr

ISBN 979-11-7213-380-1 (04810)
ISBN 979-11-7213-062-6 (세트)